Christine von Widmann

GLÜCK und TRAGIK EINER GROSSEN STIMME

oder
Durch die Netze
geschlüpft

Bibliografische Information der Deutschen Nationalbibliothek:
Die Deutsche Nationalbibliothek verzeichnet diese Publikation in der Deutschen
Nationalbibliografie; detaillierte bibliografische Daten sind im Internet über
http://dnb.d-nb.de abrufbar.

© 2009 Christine von Widmann
Satz, Umschlaggestaltung, Herstellung und Verlag:
Books on Demand GmbH, Norderstedt

ISBN: 978-3-8334-8710-1

Christine von Widmann
Glück und Tragik
einer großen Stimme

Inhaltsverzeichnis

1. Kapitel

Kindheit

Sie war ein Mädchen von vier Jahren, hellwach im Kopf, hübsch und fröhlich. Ihre Mutter hatte sie außerehelich mit nur 15 Jahren in einem adeligen Damenstift in Wien zur Welt gebracht. Getauft wurde sie katholisch in der Wiener Stephanskirche. Kurz danach bekam sie einen protestantischen Stiefvater, der sie zu seinem Glauben umschreiben ließ, was später für das Kind Nachteile haben sollte. Christine liebte ihren vermeintlichen Vater über alle Maßen, als er plötzlich an einem schweren Lungenleiden verstarb und das Schicksal die Kleine in ihrer zartesten Kindheit ereilte. Die Mutter ging mit ihr zum Begräbnis, aber nicht genug, sie hob das Kind hoch an den offenen Sarg, damit es den Vater nochmals sehen könne. Da schrie das Mädchen gellend, sodass die Mutter die Halle mit der Kleinen fluchtartig verlassen musste.

Der Schock, den dieses Erlebnis bei dem Mädchen auslöste, konnte viele Jahre nicht behoben werden. Sie schrie öfters nachts im Schlaf von Angst und Schrecken geplagt und erzählte stets dieselbe Geschichte von einem riesigen roten Feuerkreis, der sie zu verschlingen drohte. Kein Mensch konnte dem armen Geschöpf helfen und schon gar nicht die Mutter, die lieblos das Mädchen einfach schlug und strafte. So wurde aus der kleinen fröhlichen Christine ein todernstes Mädchen, welches sich fürchtete, aber vor allem vor seiner Mutter. Dazu kamen die Entbehrungen, es hatte immer Hunger. Die Mutter aß zum Beispiel ungeniert vor ihr, und die Kleine streckte sich auf Zehenspitzen und bettelte. »Einer muss wenigstens satt werden, und der bin ich!«, schrie sie das Mädchen an.

Sie war noch nicht fünf Jahre alt, als eines Tages ein Hausierer mit der Mutter plauderte und das Kind unbedingt kaufen wollte. Tatsächlich fand ein Handel zwischen den beiden statt, und als sie sich einig waren, griff der Mann nach dem Mädchen, welches blitzschnell reagierte und dem Mann in einen Finger biss, sodass er blutete und aufschrie und sofort die Kleine losließ. Danach flüchtete das Kind schnellstens und erhielt später eine Tracht Prügel. Es war offensichtlich, dass die Mutter, die selbst noch ein Kind war, ihre kleine Tochter hasste und zu allem fähig war. Als das stets hungrige Kind ihr einmal Brot gestohlen hatte, kam die Mutter mit einem riesigen Messer und befahl im Zornausbruch: »Da leg her deine Hand, ich hacke sie dir ab.« Die Kleine wehrte sich vehement, stemmte sich am Boden fest, weinte und bettelte: »Bitte Mami, bitte, bitte!« Plötzlich klopfte es an der Tür, die Mutter versteckte schnell das Messer und öffnete. Eine Frau kam und nahm Christine unter dem Vorwand eines Spazierganges mit sich. Sie fuhren zusammen mit der Straßenbahn, und daran hatte die Kleine schon ihr Vergnügen, aber es sollte für den heutigen Tag noch besser kommen. Als sie nämlich ankamen in einem Zimmer voller Kinder, kannte die Freude für Christine kein Ende. Das Plaudern, Lachen, Spielen waren so aufregend und als sie noch eine warme Suppe bekam, bevor sie in einem gemeinsamen Schlafsaal in ihr Bettchen ging, schlief sie überglücklich ein.

Am nächsten Morgen, als die Kinder in die Schule gingen, bekam sie Besen und Schaufel und sollte aus den Ecken im Schlafsaal zusammenwischen. Nachdem die Nonnen die Betten gemacht hatten, ließ man sie allein. In ihre Aufgabe versunken hörte sie plötzlich Musik und eine Stimme, sie lief zum geöffneten Fenster und lauschte voller Entzücken. Das Lied kam offenbar von einem Grammofon und wurde noch und noch wiederholt, sodass die Kleine es im Nu nachsingen konnte. Die hohen Töne liebte sie ganz besonders und sang sie immer wieder. Da kam eine Nonne und schimpfte, was ihr wohl einfalle zu singen, anstatt zu putzen, sie werde in einer halben Stunde kontrollieren kommen und wenn sie nicht fertig wär, könne sie etwas erleben. Voller Angst tat die Kleine, wie ihr befohlen wurde. Anschließend holte man sie in die Küche zum Helfen. Dort wurde sie hin und her gestoßen, sollte hundert Sachen machen und war den Tränen nah. Mit der Zeit fand sie aber heraus, bei dem ewigen Hunger, den sie verspürte, dass sie in der Küche manchmal etwas zum Knabbern erwischen konnte. Da sie so klein war, sah es niemand.

Den ganzen lieben Tag wurde sie eingesetzt. Nachts weinte sie in ihrem Betterl und hatte trotz der schlechten Erfahrungen Sehnsucht nach ihrer Mutter. Oft schrie sie nachts, von ihren Albträumen geplagt, weckte die anderen Kinder auf und wurde von einer Nonne geschlagen, wovon sie Ohrenschmerzen bekam. Nicht genug damit! Da die Kinder zum Großteil Läuse hatten, dauerte es nicht lange und sie hatte diese auch. Wurde dagegen mit Petroleum behandelt, hatte nachher den ganzen Kopf wund, und hinter den Ohren heilte es während der Zeit im Armenhaus niemals richtig. Bis zu ihrem sechsten Lebensjahr lebte sie in der gleichen Weise weiter. Der einzige Lichtblick war stets die Arbeit am Morgen im Schlafsaal, mit der Musik von irgendwo, die sie stets nachsang und die Chance nutzte, dass man sie gewähren ließ. Offenbar waren die Nonnen von ihrer süßen Sopranstimme so beeindruckt und fühlten sich trotz ihrer Härte irgendwie machtlos.

Nun brach eine neue Zeit für Christine an, sie kam in die Schule und freute sich schrecklich darauf. In der Klasse setzte sie sich in die letzte Reihe der Schulbank, mit dem unbestimmten Gefühl dort geschützt zu sein. Vom Religionsunterricht wurde sie als Protestantin in einem katholischem Haus dispensiert. In dieser Stunde war sie frei und glücklich, konnte singen und herumspringen nach Herzens Lust. Eines Tages im Frühling legte sie sich im Garten in die Wiese, träumte vor sich hin und fand plötzlich in den weißen Wolken ihren Gott, der sie ihr ganzes Leben begleiten und nie mehr verlassen wird. Im Unterricht liebte sie Lesen und Schreiben. Rechnen und Erdkunde empfand sie als Horror. Da schlief sie meistens ein, natürlich auch noch vor Hunger. Jetzt konnte sie nichts mehr heimlich stibitzen wie früher in der Küche. Gut saß sie ganz hinten, sodass es nicht auffiel, wenn sie schlief. Inzwischen wussten alle, dass sie eine schöne Stimme hat, und in der Handarbeitsstunde forderten die Schüler sie auf, doch zu singen. Was die Nonnen, die sie selber gerne hörten, zuließen, und Christine war in ihrem Element. Ebenso beglückte sie die Turnstunde. So hatte sie nun zwei

Dinge, die sie besonders liebte in all ihrer sonstigen Not: Hunger, Schläge, Heimweh und noch Ohrenschmerzen, und Sehnsucht nach Liebe.

Trotz der vielen Kinder, welche Christine umgaben und mit denen sie Freundschaft schloss, zumindest mit einigen, fühlte sie sich im Tiefsten ihres Herzchens einsam und verlassen. So kam es, dass sie nachts in ihrem Bettchen weinte, wirre Träume hatte und vor Angst schrie, alle aufweckte und von einer Nonne bestraft wurde.

Was sie noch nicht wissen konnte, dass sie in einem katholischen Armenhaus untergebracht war und als Protestantin von vorneherein bei den Nonnen verhasst war.

Das schlechte Essen war auch nicht dazu angetan, den Hunger der armen Kinder zu stillen, und so ließ auch die Verdauung zu wünschen übrig. Da sie nachts wiederholt weinte und schrie, kam nun eine Nonne mit einem Teppichklopfer und schlug sie so fest auf den Rücken, dass sie am Morgen Striemen hatte. Verzweifelt überlegte sie ernsthaft davonzulaufen. Eines Tages in ihrer Freistunde tat sie es tatsächlich. Sie lief und lief, in dieser großen Stadt Wien, und wusste nicht, wohin. Plötzlich stand sie auf einem Bahnhof, wo sie flink und unbemerkt in einen Zug schlüpfen konnte. Die Unsicherheit und Angst vor dem, was sie tat, ließ sie nach einer Station wieder aussteigen. Mit sich hatte sie nur einen Regenschirm. Fühlte sie sich mit ihm beschützt? Nun lief sie wieder, bis sie einem Wald nahe war, dort setzte sie sich erschöpft hin, hatte Hunger und weinte vor sich hin und wusste nicht was tun. Sie befand sich auf einer kleinen Anhöhe, und als sie hinunterblickte, bemerkte sie eine belebte Straße und machte sich auf den Weg dorthin. Als sie ein Grimmen in ihrem Baucherl verspürte, hockte sie sich kurzerhand hin, spannte den Schirm auf in der Annahme, sich zu verstecken. Für den Betrachter eine drollige Situation: »Nackter Kinderpopo ohne Kopferl!« Sie wimmerte und weinte vor Schmerzen und hatte wie so oft keinen Erfolg. Zufällig fuhr die Feuerwehr vorbei, stoppte und nahm das Häuferl Unglück an sich. Sie brachten die Kleine schnurstracks zum Gemeindeamt des Dorfes. Dort nahm man sie liebevoll auf, und sie durfte ihre leidvolle Geschichte erzählen. Bekam zu essen, zu trinken und etwas Geld, und indem man ihr gut zuredete, brachte man sie wieder zurück ins Heim.

Durch diesen Zwischenfall gewährte man ihr, über das Wochenende zu einer Tante ihres Stiefvaters zu fahren. Man akzeptierte, dass man sie mit nur sechs Jahren ohne Hemmungen in der Großstadt Wien verschicken konnte. Christine fieberte förmlich diesem Tag entgegen, und obwohl es eine Stunde Reise mit der Straßenbahn bedeutete, war das gerade ihr größtes Vergnügen. Sie kannte die Tante nicht, und als sie dort ankam, gab es nicht nur eine Tante, sondern sogar einen Onkel. Das begeisterte das arme, nach Liebe hungernde Kind über alle Maßen.

2. Kapitel

Tante und Onkel

Die Leidenschaft der Tante war das Kochen, was man auch an ihrer beider Fülle bemerken konnte. Da die Kleine unterernährt war, nannten sie das Kind nur »Händerl unterm Schweif«. Dementsprechend erfanden sie einen Plan der Überfütterung und stopften es förmlich wie ein ungarisches Ganserl. Dieses Extrem von Hunger und Überfütterung war für das Mädchen zu viel. Im Heim zurück, erbrach sie stets und fühlte sich noch zwei Tage danach elend. Sonst aber genoss sie den Aufenthalt dort, konnte nach Herzenslust singen und den beiden damit eine große Freude machen. Konnte Zeitungen lesen, wenn die Tante ihr einen Pinsel gab, um den Staub von den verschnörkelten Möbeln zu putzen. Was sie schnellstens erledigte, um lesen zu können. Sie las alles an Verbrechen, sodass es ihr langsam Angst machte. Sie betete und betete noch mehr als sonst für die armen Menschen. Eines Tages las sie eine Annonce der »Musikschule der Stadt Wien«. Und nun träumte sie insgeheim, wie sie dorthin kommen könnte.

Als sie das nächste Mal zur Tante fuhr, ging sie vorher in die Musikschule in der Johannesgasse. Nichts ahnend, dass sie in dieser Gasse geboren wurde. Schon schicksalhaft, wie sich später herausstellen wird. Im Büro erklärte sie einfach, dass sie singen lernen wolle. Aber enttäuscht ging sie wieder, als man ihr sagte, dafür müsse man bezahlen, und wer das für sie täte? Sie solle mit ihren Eltern nach vorheriger Anmeldung wiederkommen. Aber zum Singen sei es wohl noch ein paar Jahre zu früh.

Der Onkel war Eisenbahner und hatte oft Nachtdienst, sodass die Tante und die Kleine im Kabinett schliefen, in dem sich ein Bett und ein Diwan für das Kind befanden. Hatte der Onkel frei, schliefen alle im großen Schlafzimmer. Christine in der Mitte. Über eine lange Zeit waren diese

Besuche das Schönste an Freude für das innerlich vereinsamte Kind. Bis etwas geschah, das diese Beziehung für immer beenden sollte. Einmal als sich alle drei wieder im Schlafzimmer befanden, stand die Tante sehr früh auf, und der Onkel wollte, dass die Kleine zu ihm schlüpfe, aber sie hatte längst beobachtet, dass unter seiner Decke immer etwas hüpfte und sich bewegte. Ein unbestimmtes Gefühl der Angst jagte sie schnellstens aus dem Bett, und sie landete bei der erstaunten Tante, die nicht begriff, warum sie nicht mehr schlafen wollte. Darüber sprach sie aber nicht, sie war sowieso ein verschwiegenes Kind. Obwohl das Mädchen nichts verstand, belastete es der Vorfall. Und als ein anderes Mal die Tante von ihrem Chef, bei dem sie zeitweise arbeitete, Besuch hatte und der Onkel im Dienst war, schickte sie die Kleine schlafen. Sie schlief bereits tief, als sie plötzlich durch ein Geräusch aus dem nahe liegenden Bett im Kabinett aufschreckte. Dort rumpelte und schüttelte es, angstvoll hörte sie die Tante und den Mann. Sie war so entsetzt, betete und weinte und verkroch sich in ihrem Diwan. Am Morgen, als der Onkel vom Dienst heimkam, schwieg sie erneut. Wenn sie wegging, steckte der Onkel ihr immer heimlich Geld zu. Trotzdem und obwohl sie damals noch nicht begriff, was all das zu bedeuten hatte, war ihre Abneigung so groß, dass sie zu den beiden nicht mehr gehen wollte. Da sie aber stets Heimweh nach ihrer Mutter hatte, bat sie eines Tags die Nonnen um Erlaubnis, diese besuchen zu dürfen.

3. Kapitel

Die Mutter

Das Armenhaus befand sich im 10. Bezirk bei der Kirche »Spinnerin am Kreuz«. Ganz entgegengesetzt der Tante, die in der Nähe des Zentralfriedhofes wohnte, war die Mutter näher zu der Kleinen. Als sie bei der Mutter ankam, wollte die sie sofort wegschicken, aber schon standen in der Tür zwei Männer und zogen sie herein. Im Wohnzimmer befanden sich noch mehr Männer, die mit ihrer Mutter Karten spielten. Da kein Sessel mehr zur Verfügung stand, setzte sich die Kleine zu Füßen ihrer Mutter und schmiegte sich zärtlich an ihre Beine. Schließlich stieß die Mutter sie unsanft weg, enttäuscht ging das Kind in die Küche. Da lag eine Bestätigung mit einem Herrennamen, worin man ersehen konnte, dass ihre Mutter Geld erhalten hätte. Völlig ahnungslos wollte sie diesen Namen nicht vergessen und steckte den Zettel ein, was später für sie eine Wichtigkeit haben sollte.

Plötzlich kam einer der Herren in die Küche und wollte, dass die Kleine sich auf seinen Schoß setze. Voller Schreck sah sie, dass er die Hose geöffnet hatte und sich entblößte. Sie rannte wie wild davon, weinte noch in der Straßenbahn und ward dort nie mehr gesehen.

Nun wurde die Kleine noch trauriger und ernster. Sie dachte über ihre Erlebnisse nach und verstand gar nichts. Umso mehr flüchtete sie zu ihrem Gott und sprach mit ihm über alles, was sie bedrückte. »Nur du«, sagte sie, »bist mein Freund, nur du verstehst mich.«

4. Kapitel

Die Zigeuner

In naher Umgebung vom Armenhaus befanden sich eine große Wiese und ein Teich. Dort waren im Moment die fahrenden Zigeuner. Es war ein strahlend warmer Sommertag, als Christine mit fünf Kameradinnen dorthin ging und sie Wunderbares zu sehen bekamen. Zwei Zigeuner gingen über ein Seil, andere turnten und tanzten. Eine Wonne für Christine. Voller Begeisterung sagte sie am Heimweg: »Das machen wir auch. Heute Abend fangen wir gleich an zu trainieren.« So geschah es auch. Von nun an übten sie jeden Abend im Schlafsaal den Kopf- und Handstand, Räder schlagen und vielerlei Akrobatik. Alle anderen sahen voller Freude zu. Dieses wunderbare Geheimnis bewahrten sie und freuten sich stets auf das Zu-Bett-Gehen. Christine blühte förmlich auf und war voller Ideen.

Als sie eines Nachts gar von einem Auftritt träumte, erklärte sie am Morgen ihren Mädchen: »Heute Abend nehmen wir hier im Schlafsaal einen Vorhang ab, es hat ja so viele, und wir nähen davon für jedes Mädchen ein Kostüm, um an Weihnachten im Heim eine Vorführung zu machen!« Alle jubelten, und am Abend gingen sie ans Werk.

Von den Handarbeitsstunden gab es Faden, Schere und alles, was nötig war zum Schneidern. Im Nu hatte Christine die Kostümchen zugeschnitten, und es wurde jeden Abend trainiert und genäht. Beim Nähen halfen alle mit, so kamen sie allesamt nie vor 22 Uhr zum Schlafen. Aber die Kinder waren davon erfüllt und glücklich.

Lange bemerkten die Nonnen nichts, aber eines Tages entdeckten sie den fehlenden Vorhang und es gab einen fürchterlichen Krach, Schläge mit dem Teppichklopfer, Strafen – und alles wurde konfisziert. Aus der Märchentraum, alle weinten.

Christine gab aber nicht auf. Als sie wieder in einer Handarbeitsstunde die Nonne, welche sie besonders gerne hörte, ansang und merkte, dass sie Tränen in den Augen hatte, nützte sie die Gelegenheit und bat die Nonne um Hilfe. »Wir wollten doch nur eine schöne Weihnachtsaufführung machen«, sagte sie, und sofort stimmten alle Kinder ein, sodass die Nonne überwältigt zustimmte.

Tatsächlich, eines Tages marschierten die oberen Nonnen auf und ließen sich das Programm der sechs Mädchen vorführen. Und siehe da, diese strengen Frauen zeigten für die armen Kinder zum ersten Mal etwas Milde und erlaubten, dass die Kinder weitermachen können. Da waren alle total aus dem Häuschen und arbeiteten, zumal sie noch mehr Zeit dafür bekamen, wie besessen an ihrem Projekt.

Als sie eines Sonntags wieder bei den Zigeunern waren, las eine Zigeunerin Christine aus der Hand und prophezeite ihr eine Karriere beim Zirkus. Nun hatte die Kleine etwas zum Träumen.

An Weihnachten hatten die Nonnen Gäste eingeladen und es gab eine sehr gelungene Aufführung. Christine wurde von einer Nonne am Klavier begleitet und sang lustigerweise: »Ob blond, ob braun, ich liebe alle Frau'n!« Und schmetterte am Ende einen hohen Ton hin, dass es eine Wonne war. Niemanden störten die Worte, das Publikum war einfach erstaunt über die süße Stimme dieses Kindes. Anschließend kam die akrobatische Vorführung der sechs Mädchen, und sie hatten so viel Applaus, dass die Nonnen ganz stolz waren.

Eine alte Dame kam auf Christine zu und gratulierte ihr, sie hätte so eine schöne Sopranstimme, ob sie nicht Sängerin werden wolle? Interessiert fragte Christine, was das wohl sei, und plauderte noch lange mit der Dame. Schließlich wurde sie von ihr eingeladen, mit ihr ins Kino zu kommen, sie wolle ihr einen schönen Film mit einer Sängerin zeigen. »Oh ja, oh ja!«, rief das Mädchen. »Wenn ich darf?« Als Belohnung für diesen schönen Abend erlaubten die Nonnen den Kinogang.

Welch ein erschütterndes Erlebnis für Christine, sie sah die Oper »La Bohème« von Puccini und erlebte alles, was geschah. In Tränen aufgelöst kam sie auf die Straße und konnte sich den ganzen Heimweg nicht beruhigen. »Jetzt weiß ich, was ich will«, sagte sie zu der Dame. »Ich will Sängerin werden und so singen wie diese Mimi im Film!«

Nun betete sie inbrünstig: »Lieber Gott, hilf mir den Weg zu finden, das zu erreichen!« Die Freundschaft mit der Dame sollte ihr schon bald dazu verhelfen. Glücklich dachte sie, mir gehört die Welt, weil Gott in mir ist.

5. Kapitel

»Singer Mutter«

Christine war 11 1/2 Jahre alt, als sie von der alten Dame, inzwischen ihrer Freundin, zur allgenannten Singer Mutter, einer Professorin namens Singer Burian, an die Hochschule für Musik in Wien gebracht wurde. Diese war eine wunderschöne alte Dame mit weißen Haaren.

Als sie Singer Mutter privat vorsang »Ob blond, ob braun, ich liebe alle Frau'n« lächelte diese und sagte: »Mein liebes Kind, das können wir an der Hochschule nicht vorsingen, aber ich werde dir das Heidenröslein von Schubert lernen, wenn du willst?« – und ob Christine wollte! Emsig arbeitete sie an diesem Lied. Es kam der Tag der Aufnahmeprüfung vor einer Kommission von 13 Personen. Christines Glückszahl, wie sie meinte, da sie an einem 13. geboren war. Angst kannte das Mädchen vor dem Singen nicht, und so sang sie frisch, fröhlich ihr Liedchen, sogar mit lustigem Vortrag. Alle sahen sich erstaunt an, und man fragte sie: »Wie alt bist du, und hast du schon die Periode?« Die Kleine wurde glutrot und es verschlug ihr die Sprache, hilflos blickte sie zur Singer Mutter. Da wurde sie aus dem Raum geschickt. Eine halbe Stunde später kam Singer Mutter und sagte strahlend: »Du hast einen Freiplatz!« Christine konnte es kaum fassen und weinte vor Freude. Singer Mutter umarmte sie und meinte: »Fast wäre es nicht gelungen, weil du zu jung bist, aber da du die Periode hast, nimmt man an, dass die Stimme sich nicht mehr verändert.« Christine dankte jeden Abend Gott für das unendliche Glück.

6. Kapitel

Studentenzeit

Christine blieb im Heim, bis sie die Schule fertig hatte, während sie bereits an die Hochschule ging. Mit 13 1/2 Jahren verließ sie das Heim und durfte mit einer 21-jährigen Klavierstudentin, einer Serbin, in eine Wohnung ziehen. Ein Opernsänger vergab sie an Studentinnen, weil er ein Engagement im Ausland hatte.

Da Christine ja völlig mittellos war und kein Stipendium hatte, suchte sie sich sofort Arbeit. Sie ging in ein ganz großes Hotel, bot ihre Dienste an und durfte Herrenhemden bügeln. Da ihr das nicht genügend einbrachte, ging sie in die Kärntnerstraße zu einem ersten Friseur, wo man sie an Samstagen zum Kopfwaschen engagierte.

Schnell fiel sie dem Chef als gewieftes Mädchen auf, und so brachte er ihr bei, die Herren mit dem Messer zu rasieren. Das wurde so ein Hit, dass die Herren Schlange standen, um vom Flamingo, wie man sie allgemein nannte, bedient zu werden. Sie trug einen rosa Frisiermantel, der ihr den Namen einbrachte. Hatte zwar einen kleinen Lohn, aber da sie sehr tüchtig war, umso mehr Trinkgelder.

An der Hochschule war sie in ihrer Klasse die Jüngste und ohne jegliche Vorkenntnisse von Musik, da waren ihr die reichlich älteren Kollegen zwischen 20 und 28 Jahren enorm überlegen. Sie neckten sie deshalb auch immer, unter anderem sagten sie: »Und du, Spatz, was willst du denn werden?« Nicht verlegen antwortete sie zum größten Gelächter aller: »Eine große Sängerin.« Und die Antwort: »Du bist wohl die Letzte, die Chancen hat.« Unbeirrt glaubte Christine an ihre Zukunft, war sehr fleißig und tat alles, was man von ihr verlangte. Oft unter Tränen vor Scham, wenn Singer Mutter sagte: »Du hast wohl Stecknadeln unter dem Popo!« – wenn sie ihre Aufgaben nicht genug konnte. Und wenn sie nächstes Mal gut und ohne Fehler sang, sagte sie: »Gut, mein Kind, lernen muss auch gelernt sein. 100 000 mal, meine Kleine, mit unendlicher Ausdauer und Demut, sonst kannst du es vergessen und es wird nichts aus dir! Das Üben ist kein Schleck und das Beginnen eine große Disziplin, keine Freude. Die Freude kommt erst bei der Arbeit, wenn du bemerkst, dass dir etwas gelingt. Da ist eine Kollegin von dir, die hatte nicht solche Voraussetzungen wie du und hat nur mit ihrem Fleiß alle überflügelt. Daran kannst du dir ein Beispiel nehmen.«

Diese strenge Erziehung in ihrer frühesten Jugend war entscheidend für ihre spätere Karriere. Viel schlimmer war der Unterricht in der Propädeutik um 8 Uhr früh bei einem alten, sehr strengen Professor, vor dem sie Angst hatte. Wieder setzte sie sich in die letzte Reihe, um nicht entdeckt zu werden. Doch der alte Herr hatte offenbar ihre Absicht bemerkt und holte sie extra. Aber langsam ging alles vorwärts und es war gut so, denn sie wurde jedes Vierteljahr geprüft, ob sie den Freiplatz behalten darf. Anschließend an den Theorie-Unterricht ging sie zu Singer Mutter in die Gesangsstunde und blieb bis zum Ende um 14 Uhr. »Weil man vom Zuhören auch lernt«, sagte Singer Mutter. Dann durfte sie Singer Mutter ein Stück durch den Stadtpark auf ihrem Heimweg begleiten. Danach ging sie in der Kärntnerstraße noch in die kleine Malteserkirche unweit der Oper. Die Kirche stand immer leer und offen. Da setzte sie sich in eine Bank und betete inbrünstig: »Lieber Gott, ich danke dir für alle deine Liebe und Güte, bitte gib, dass ich eine große Sängerin werde.« Dann lief sie ehrfurchtsvoll an der Wiener Staatsoper vorbei über den Ring zur Mariahilferstraße in die Siebensterngasse, wo sie wohnte. Sie liebte die Sonne, es war ein strahlender Tag und sie war glücklich. Da sie ein schönes Mädchen war mit einem ebenmäßigen Gesichtchen und trotz Unterernährung entzückender Figur, wurde sie oft auf der Straße belästigt. Flink, unbekümmert und ohne Reaktion lief sie weiter, das war auch ihr Schutz in der gefährlichen Großstadt.

Eines Tages brachte ein Kollege Christine ein Butterbrot und sagte: »Das ist von meiner Mutter.« Voller Freude nahm sie es, bedankte sich und aß es sogleich. Er hatte längst beobachtet, dass sie nie etwas Essbares mit sich hatte, aber die anderen mit großen Augen beobachtete. Der Junge hieß Albert Messany, hatte einen sehr schönen Bariton, studierte bei einem Professor – und seine Schwester Liselott, Sopran, ebenfalls bei Singer Mutter. Es entwickelte sich bald eine Freundschaft zwischen den dreien und Christine wurde zu den Eltern eingeladen. Voller Freude und Staunen konnte sie sehen, in welcher Liebe und Harmonie diese Familie lebte.

Da sie nach wie vor in Geldnöten war, schickte sie Singer Mutter ins Burgtheater für Statisterie. Als sie sich vorstellte, nahm sie ein älterer Schauspieler mit sich in seine Garderobe, setzte sie kurzerhand auf seinen Schoß und wollte sie betatschen. Entsetzt befreite sie sich und lief davon, weinte und betete:»Ach lieber Gott, ich dachte, mein zukünftiger Beruf ist etwas Heiliges, die Menschen mit Begabungen sind von dir auserwählt.« Nach wie vor lebte sie in ihrer unschuldigen Welt. Singer Mutter meinte nur dazu:»Bist halt noch ein Kind!« Nun begab es sich, dass man sie fragte, ob sie das»Ave Verum« von Mozart in der Kirche»Spinnerin am Kreuz« singen würde. Ehrenamtlich natürlich, als Studentin. Überglücklich und dankbar erfüllte sie ihr erstes Engagement. Da sie sehr gut gesungen hatte, wurde sie vom Pfarrer gelobt. Das hatte auch seine Folgen.

Papa Messany war Großwildjäger in Amerika und machte Vortragsreisen in Österreich. Christine durfte bei so einem Anlass ein paar klassische Lieder singen, nachdem sie schon öfter in Hauskonzerten bei Messanys mit Erfolg gesungen hatte. Natürlich sangen dann seine Kinder Lisi und Berti auch. Letzterer war auch ein guter Pianist und begleitete sie alle, auch Papa Messany, welcher natürlich als reifer Sänger von ihnen der Beste war und sie auch oft am Flügel begleitete. Diese Abende vergaß das Mädchen in ihrem ganzen Leben nie. Warum Papa Messany Christine für seine Anlässe aussuchte, hatte zwei Gründe: Erstens studierte Lisi nur zum Vergnügen, hatte schon ihren Beruf und war verlobt, zweitens wollte er damit Christine helfen, indem sie auch etwas bezahlt bekam. Da die Kleine nicht nur sang, sondern die Lieder mit entzückenden Humor und Charme vorzutragen wusste, hatte sie sofort Erfolg. So konnte sie sich mit all ihren kleinen Jobs gut durchschlagen.

Nachdem sie die Lieder von Mozart, Schubert, Brahms und Schuhmann gelernt hatte, begann sie Opernrollen zu studieren und zu korrepetieren. Zuerst den Cherubin in »Figaros Hochzeit« von Mozart, dann das Ännchen aus »Freischütz« von Weber und zuletzt die Gilda aus »Rigoletto« von Verdi. Die Vorbereitung für den dramatischen Unterricht, den sie nun bei Kammersänger Professor Hans Duhan belegte. Ihre erste Rolle war der Cherubin. Sie stürzte sich mit Leidenschaft in diese Rolle und fühlte immer mehr, in welche Glückseligkeit sie das Singen brachte, je mehr sie konnte. Auch Professor Duhan war unerbittlich streng und pflegte zu sagen: »In der Oper hilft keine Protektion, nur das wirkliche Können entscheidet, ob man sich durchsetzen kann. Es erfordert harte Arbeit und nichts wird einem geschenkt. Man muss nach Perfektion streben, obwohl wir diese nie erreichen können, das erfordert Mut und Tapferkeit.« Von nun an durfte sie mit den Kollegen in die Staatsoper auf einen Stehplatz. Die Studenten mussten dafür nichts bezahlen, aber die Plätze bekamen sie nur sehr schwer, mussten dafür um 4 Uhr morgens anstehen. Aber es waren jeweils tiefe Erlebnisse. Mit dem Auszug der Oper in der Hand verfolgten sie die herrlichen Werke stehend oder auf der Treppe sitzend. So erlebte Christine zum Beispiel »Figaros Hochzeit« mit einer Schwarzkopf, Seefried, Dermota, Güden, Kunz unter Dirigent Böhm. Aufführungen höchster Güte! Sie fühlte sich hochgetragen in eine andere unbeschreibliche Welt, in der sie lebte wie im Traum, entrückt von dieser Erde. Sie lernte und profitierte von all diesen Eindrücken für ihr eigenes Studium. Bald war sie trotz ihrer Jugend eine der Ersten in der Hochschule.

Mit Smilja, der Serbin, mit welcher sie eine Wohngemeinschaft hatte, verstand sie sich sehr gut. Sie war ein hübsches, großes Mädchen und hatte einen Freund, der an Wochenenden auch bei ihr nächtigte. Was Christine nicht tangierte, denn jeder lebte sein eigenes Leben, und die Wohnung war sehr groß, sodass die Kleine gar nicht alles mitbekam. Bis Smilja eines Tages anfing zu klagen, ihr Freund würde sie sonntags schon um 6 Uhr früh verlassen, um in die Kirche zu gehen. In ihrer Unschuld dachte Christine: »Was für ein frommer Mann.« Die Frömmigkeit entwickelte sich leider sehr bald zum Fiasko, in dem Smilja schwanger wurde und ihr Freund ein amtierender katholischer Pfarrer war, der zu allem Hohn am Sonntag zum Predigen ging. Für Christine war das schon alles zu viel und sie flüchtete sich zu ihrer Freundin Lisi, die sie so verehrte und mit der sie über alles sprechen konnte. Natürlich unterstützte Christine Smilja so gut es ging, denn sie war ja noch zu jung, um alles zu verstehen. Das Positive für das Mädchen war nur, dass es dachte: Nie würde sie einen Mann an sich heranlassen. Trotz der Tragödie war es ein Schutz für sie. Eines beschäftigte sie enorm, Smilja würde ein außereheliches Kind bekommen, wie sie eines ist – und was das für das arme Kind bedeuten würde, wusste niemand besser als sie. Gerade diese Situation brachte sie auf die Idee, ihren Vater zu suchen, und sie machte sich auf den Weg via Gemeinde. Das war allerdings in dieser nach wie vor »kaisertreuen« Stadt ein Unterfangen. Allein bis sie nur vorgelassen wurde bei den Ämtern, wo man sie von einem zum anderen schickte. Doch endlich hatte sie mit ihrer Beharrlichkeit nach Wochen Glück. Nun erzählte sie, was sie bei ihrer Mutter gesehen hatte, zeigte den Zettel mit dem Namen, und bekam tatsächlich eine Adresse.

Voller Aufregung und in der bestimmten Erwartung, ihrem Vater in die Arme sinken zu können, fuhr sie in ein Villenviertel in Wien. Als sie am Tor läutete und ihr Herz zum Zerspringen klopfte, öffnete, oh Schreck, eine alte Dame. Vor Angst verlor sie die Sprache, aber die Dame zog sie liebevoll hinein und sagte: »Ich habe gewusst, dass du einmal kommen wirst!« Im nächsten Moment polterte ein alter Mann ins Zimmer und schrie: »Was willst du hier, ich zahle für dich und habe mit dir nichts zu tun!« Ängstlich und in Tränen aufgelöst wollte Christine davonlaufen. Da hielt sie die Dame fest und fragte: »Wer schickt dich, mein Kind?« Als Christine erzählte, sie wäre selbst gekommen, nur um zu schauen, wer ihr Vater sei, und sie würde nichts beanspruchen, beruhigten sich alle. Sie erfuhr, dass die beiden Alten vier Kinder hätten, drei Söhne, alle Musiker, und eine verheiratete Tochter. Man entließ sie im Glauben, der alte Herr wäre ihr Vater. Ihr Gefühl sagte ihr aber, dass es nicht stimmen könnte, und so suchte sie jahrelang unter den drei Brüdern, welcher es sein könnte. Sie hatte sporadisch mit allen dreien Kontakt, sie hielten aber dicht und verrieten einander nicht. Der Älteste war im Symphonie Orchester in Wien. Der zweite im Philharmonie Orchester in Berlin unter Karajan und der dritte im Opernhaus Bremen Orchesterchef. Alle drei spielten Fagott. Sie war nun zufrieden und trug es bei sich, glücklich zu wissen, wer ihre Familie ist und woher ihre Begabung kommt, wenn sie auch nach wie vor leer ausging. Denn die Alimente, die ihr Großvater bis zu ihrem 18. Lebensjahr bezahlte, behielt ihre Mutter.

In den Sommerferien war sie von der Familie Messany nach Hinterstoder eingeladen, und sie durfte auf dem schönen Anwesen auf dem Lande eine unvergessliche Zeit verbringen. Sie durfte erleben, was eine glückliche Familie, Liebe, Harmonie und Geborgenheit ausmachten, und war unendlich dankbar, zumal sie dies alles so bitter vermisste. Natürlich wurde diese Familie, wie konnte es anders sein, Vorbild für ihre Zukunft. In dieser Zeit dachte sie, niemals würde sie heiraten. Sie hätte ja Gott und die Musik und mehr brauche sie nicht.

7. Kapitel

Erstes Engagement

Stets war sie in Geldnot, und da sie sich auch alles selber nähte und von ihren Kolleginnen bewundert wurde, hatte sie bald hie und da Aufträge zum Nähen. Mit den vielerlei Beschäftigungen, die sie überall hatte, kam sie stets gut über die Runden.

Im Hotel, für das sie bügelte, fragte sie der Direktor, ob sie einen kostbaren Pelzmantel an die Schweizer Grenze bringen würde. Sie bekäme dafür einen Fohlenmantel für sich. Gerne nahm sie den Auftrag, nicht ohne Hintergedanken, an. Ihr Traum war nämlich schon lange, mit einem ganz bestimmten Plan in die Schweiz zu kommen. Und eines Tages reiste sie mit dem wunderschönen Nerz an die Schweizer Grenze. Übergab ihn einer Dame, und in der Absicht ihres eigenen Planes, lehnte sie die freundliche Einladung der Dame ab und verabschiedete sich sogleich. Nun achtete sie auf die vielen Autos und suchte sich einen großen schwarzen Wagen aus, dem gerade ein älterer Herr entstieg. In Windeseile lief sie zu ihm und brachte, in einer unbeschreiblichen Sicherheit, ihre Wünsche vor. Sie wäre Studentin an der Hochschule für Musik und hätte gerne einen Tagesschein, um in der Schweiz vorsingen zu können. Der Herr betrachtete sie wohlwollend und antwortete wie selbstverständlich: Ja, das ließe sich schon machen, seine Frau wäre sehr opernbegeistert und würde ihr sicher helfen. Er gab ihr seine Visitenkarte und meinte: »Holen Sie Ihre Tageskarte, wir erwarten Sie gerne in St. Gallen.« Man kann sich nicht vorstellen, mit welchen Glücksgefühlen die Kleine heimfuhr.

Sofort unternahm sie die nötigen Schritte für den Tagesschein in die Schweiz. Behielt es aber als Geheimnis für sich. Es dauerte nicht lange, bis sie zu der Strumpffabrikanten Familie Rohner fuhr. Seine Frau Irma empfing sie ganz lieb und hatte bereits ein Vorsingen bei einem Regisseur arrangiert. Als er sie gehört hatte, sagte er: »Wir müssen Sie sofort nach Zürich ans Opernhaus schicken.« Kurz danach hatte er ein Vorsingen für 17 Uhr vereinbart.

Das Mädchen saß bereits im Zug nach Zürich in Erwartung der Ereignisse. Ihre Aufregung sollte sich noch ins Unerträgliche steigern, als sie in der herrlichen Bahnhofstraße in Zürich ankam. Solchen Reichtum in den Geschäften hatte sie noch nie gesehen. Sie war überwältigt und dachte nur, wenn sie mit jemanden sprechen könnte. Sie lief und lief in dieser langen Straße. Plötzlich sah sie in den Auslagen einen älteren Herren hinter sich. Blieb sie stehen, stand er auch – und sie beobachtete ihn. Ihre innere Stimme sagte: »Sprich mit ihm!« Blitzschnell drehte sie sich um und sprudelte heraus: »Ich muss mit Ihnen sprechen, mein Herz ist am Zerspringen«, und im Nu hatte sie alles von ihrem Vorhaben erzählt. Er sagte, er wäre Weißrusse und kenne sehr gut den Chefdirigenten vom Opernhaus. An so einem sonnigen Sommertag sitze er immer im Kongresshausgarten zum Kaffee. »Wenn Sie wollen, kann ich Sie mit ihm bekannt machen.« Tatsächlich saß er dort mit seiner Frau. Beide waren sehr freundlich zu ihr

Der Russe brachte sie noch pünktlich zum Opernhaus. Dort erhielt sie eine Karte mit »toi, toi, toi« und zwei Tafeln Schokolade von der Frau des Dirigenten.

Die Kleine, nun 16-jährig, hübsch, unterernährt, sang mit der Unbekümmertheit ihrer Jugend eine der schwersten Arien aus der Opernliteratur, bestimmt für eine reife Koloratursängerin, nämlich die zweite Arie der Königin der Nacht aus der »Zauberflöte« von Mozart. Danach verlangte man den Cherubin aus »Figaros Hochzeit« von Mozart. Sie sang fehlerlos und siegte. Bekam einen Jahresvertrag ab kommenden Herbst als Opernsoubrette.

Inbrünstig dankte sie Gott und telefonierte gleich nach St. Gallen. Frau Irma meinte voller Freude, sie solle mit dem nächsten Zug zu ihnen zurückkommen. Als sie erwähnte, dass sie nur einen Tagesschein besitze und noch heute Nacht in Österreich ankommen müsse, sagte Frau Irma: »Das macht nichts, Sie können auch morgen früh reisen.« Nachdem sie sich bei dem Russen, der sie noch an die Bahn begleitete, für alles bedankte, fuhr sie wieder nach St. Gallen. Sie strahlte und sah entzückend aus, allerdings nicht schweizerisch, und hätten Rohners sie nicht gewarnt, wäre sie diese Nacht in St. Gallen nicht angekommen. Plötzlich kam nämlich ein Polizist und verlangte ihre Papiere. Ohne Verlegenheit antwortete sie, sie hätte diese nach Bern zur Verlängerung eingeschickt. Der Polizist lächelte sie freundlich an und war zufrieden. Rohners holten sie ab und sie blieb nachts bei ihnen. Nicht ohne am späten Abend noch ihren Erfolg zu feiern. Am frühen Morgen fuhr sie dann problemlos nach Hause.

An der Hochschule waren alle fassungslos über das Engagement des Mädchens. Während die Älteren auf ihre Chance warteten, hatte sie bereits den »Vogel« abgeschossen. Singer Mutter war mächtig stolz und half ihr sofort für eine Abschlussprüfung, da sie ja erst vier Jahre an der Hochschule war.

Schwierigkeiten hatte sie jetzt nur für die definitive Ausreise. Auf den Ämtern dauerte alles, wie in Wien üblich, unendlich lange – und statt September, konnte sie erst im Dezember in Zürich eintreffen.

Als sie im Theater ankam, sah sie sich am Probenplan als Ännchen im »Freischütz« von Weber ausgeschrieben. Zuallererst meldete sie sich beim Intendanten und anschließend beim Dirigenten. Letzterer begrüßte sie überschwänglich, nahm sie in die Arme und wollte sie gleich küssen. Als sie sich schüchtern befreite, zog er seine Brieftasche und sagte: »Du kannst alles von mir haben, also wehr dich nicht. Du musst nur mit mir zusammenspannen, dann soll es dir an nichts fehlen. Es gilt nämlich er oder ich, in Kürze werde ich die Intendanz übernehmen!« Erneut zog er die Kleine an sich, und Christine zeigte deutlich, sie sei nicht einverstanden mit dieser Tour. Da schrie er: »Dann brauchst du nicht zur Probe kommen, du bist abgesetzt und mit der Aufenthaltsbewilligung der Schweiz ist es auch nichts! Du kannst sofort nach Hause fahren!« Sagte es, riss die Tür auf und schob sie, wild vor Wut, hinaus. Christine lief fassungslos und weinend in ihre Pension, nahe der Oper. Sie wusste sich keinen Rat. Am Abend rief sie der Intendant an und bat sie zu kommen. »Ja Kindchen, was ist denn geschehen?«, fragte er. »Warum hat man Sie vom Probenplan gestrichen?« Beschämt, aber wahrheitsgetreu erzählte sie ihm den Vorfall. »Das ist ja unerhört!« sagte er. »Tatsächlich sind er und ich Feinde und ich kann Ihnen im Moment gar nicht helfen. Nur so viel: Sie bleiben über Weihnachten auf unsere Kosten in Ihrer Pension, bekommen natürlich Ihre Gage und ich sorge selbstverständlich für Ihre Aufenthaltsbewilligung. Nach den Feiertagen platziere ich Sie möglicherweise in Luzern!« So hatte Christine doch eine schwache Hoffnung und war nicht total blamiert.

Es waren allerdings schwere Tage, so mutterseelenallein in der fremden, aber wunderschönen Stadt Zürich. An Weihnachten zur Mitternachtsmesse traf sie den Russen mit seinem Bruder. Sie versuchten sie zu trösten, aber das half nur für den Moment. Nachts in ihrem Bett weinte sie bittere Tränen und eigentlich halfen ihr immer nur ihre Gebete.

Viel Trost aber fand sie bei Frau Irma in St. Gallen, die sie im neuen Jahr zu sich rief und ihr anbot, sie als ihre Tante zu betrachten. Darüber war Christine sehr gerührt. Tante Irma fragte, ob sie nicht noch etwas anderes machen könne als singen. Na ja, antwortete sie, sie könne auch nähen und Herrenhemden bügeln, aber vor allem hätte sie bei einem Friseur vieles vom Gewerbe gelernt. »Prima!«, rief Tante Irma und ließ sie in der Zeitung via Annonce eine Stelle suchen. Das schlug ein! Christine erhielt einen Berg von Briefen mit Angeboten, und sie wählte einen Friseur in Küssnacht am Rigi, um in der Nähe des Luzerner Theaters zu bleiben, da sie trotz allem im tiefsten Innersten ihrer Seele unerschütterlich von ihrem Weg als Sängerin überzeugt war. Der Friseurladen war ein nettes kleines Geschäft und die Besitzer ein junges, liebes Ehepaar. Als Christine zeigte, was sie alles konnte, behielt man sie sofort. Am ersten Abend schon fuhr Christine nach Luzern, um das Theater und die Stadt zu sehen. Was sie sah, gefiel ihr außerordentlich. Wieder so eine schöne Stadt und an einem See, dachte sie und war etwas versöhnt mit ihrem gegenwärtigen Schicksal. Da sie noch etwas Zeit hatte für den Zug, ging sie in das nächstliegende Lokal etwas trinken. Der Wirt plauderte mit ihr sehr freundlich und fragte sie, ob sie nicht bei ihm ein Lied singen würde und anschließend die Herren unterhalten. Sie würde dabei gut verdienen. Plötzlich ahnte sie Schlimmes und verließ fluchtartig das Lokal.

Nachdem sie bis Mitte Januar nichts von Zürich vernahm, rief sie eines Tages kurz entschlossen den Intendanten in Zürich an und fragte schüchtern nach. »Wo stecken Sie den Mädl?«, rief er. »Die Luzerner fragten schon nach Ihnen.« – »Oh vielen Dank«, strahlte Christine und meldete sich darauf sofort in Luzern. Man bot sie gleich zu einem Vorsingen auf. Am Bahnhof wurde sie von Oberregisseur Weisker abgeholt, gefiel und wurde erneut auf Anhieb engagiert als Opern- und Operettensoubrette, aber wegen ihrer 16 Jahre als Elevin, mit einer Gage von 500 Fr. monatlich, einer Mansarde mit Kost und Logis für 200 Fr. beim Verwaltungsdirektor Altherr. Natürlich so toll wie das Zürcher Engagement war es nicht und das Jahresengagement dauerte auch nur acht Monate. Aber für Christine war die Welt wieder in Ordnung. Ihre erste Rolle hatte Christine in der Operette die »Försterchristl«. Die Zeitungen waren voll mit der Geschichte von der kleinen halbverhungerten Wienerin mit der schönen Stimme. Die Wahrheit war zugleich eine super Reklame! Zur Premiere war das Theater bis zum letzten Platz ausverkauft. Die Herzen flogen der Kleinen nur so zu und sie hatte einen riesigen Erfolg. Am Ende der Vorstellung brachte man einen langen Tisch voll mit Geschenken auf die Bühne und noch extra einen Berg von Blumen. Christine war sprachlos und hatte Tränen der Freude in den Augen. Am nächsten Tag erhielt sie einen Brief von einem Herrn, der schrieb, er wäre in der Premiere in der ersten Reihe gesessen und gratuliere Christine zu ihrer schönen Stimme und ihrem feinen Spiel. Deshalb möchte auch er ihr ein Geschenk machen. Sie könne bei ihm ein schönes Zimmer mit Blick auf den See, in seinem Haus, mit Kost und Logis gratis bekommen inklusive Haushälterin. Er hätte noch eine Adoptivtochter. Christine überzeugte sich und nahm das Angebot an, sehr zur Verärgerung und ewigen Feindschaft des Verwaltungsdirektors.

Von nun an hatte Christine ein wunderschönes Leben. Sie bekam sehr schöne Hauptrollen, war in Kürze der Liebling von Luzern, da sie sich in die Herzen des Publikums sang und spielte – mit ihrem Humor, ihrem Charme und ihrer Ausstrahlung. Wie stets war sie auch sehr fleißig, meldete sich zum klassischen Ballett und stand jeden Morgen vor ihrer Probe im Ballettsaal. In der Operette hatte sie wunderbare Partner: Wolfgang Dauscha und den sehr komischen Rudolf Weisker. Den Charmeur, Tenor Roby Wiss, mit dem sie im zweiten Jahr im »Zarewitsch« von Lehár die Sonja sang und bereits einen Tanz auf Spitze tanzte. Und in der Oper den fabelhaften Tenor Bruno Manazza, der ihr half mit dem schwierigen Chefdirigenten Sturzenegger. Ihr Lieblingsdirigent war Hans Beer von der Operette.

Privat hatte sie sowieso das große Los gezogen. Bei Herrn Ingenieur E.T.H. Hans Küchlin fand sie ein wirkliches Heim und mehr noch – als er seine Adoptivtochter mit einem reichen Bauern verheiratete, adoptierte er Christine. Sie fühlte sich wie im Märchen und bedankte sich täglich bei Gott für dieses unendliche Glück und die große Gnade.

Nun hatte sie einen richtigen Vater, der sich um sie sorgte und sie verwöhnte.

Die erste Saison war Mitte Mai vorbei und sie ging mit dem Bieler Theater und dem später berühmten Dirigenten Peter Maag durch die Schweiz auf Tournee. Als sie nach Luzern heimkam, begannen dort die Festspiele, und sie sah den berühmten Dirigenten Karajan auf dem Plan. Sie dachte, das ist doch der Dirigent, unter welchem einer der drei Brüder, nämlich Oskar, im Philharmonischen Orchester in Berlin spielt. Sie meldete sich bei ihm zu einem Vorsingen und gefiel Karajan so gut, dass er sie zu einem Konzert einlud. »Maestro belieben zu scherzen«, meinte sie. »Aber nein«, sagte er und schob ihr eine Karte hin, die sie freudig annahm. »Aber nachher will ich Sie sehen«, rief er ihr nach.

Sie kam in einem türkisfarbenen Chiffonkleid, bezaubernd aussehend in ihrer frischen Jugend. Er machte ihr richtig den Hof, aber bald merkte sie, dass sein Interesse nicht ihrer Stimme galt, sondern dass er andere Ziele verfolgte. Geduldig hörte sie ihm noch zu, aber als er ihr zu nahe kam, lehnte sie ab und verschwand. Damit verspielte sie sich die große Chance mit Karajan. Traurig dachte sie, diese Mächtigen wollen alle nur dasselbe.

In der neuen Saison spielte sie unter anderem die »Geisha« aus der namentlichen Operette. Sie bekam einen schwarzen Kimono, der ihr gar nicht gefiel, und so machte sie sich nachts vor der Premiere einen neuen in rosa Satin und einem großen silbernen Schmetterling auf dem Rücken. Vor der Aufführung hatte sie kein Lampenfieber, aber Angst vor der Schneiderin wegen ihrem Kimono. Sie hatte aber Glück, der Kimono gefiel, und sie bekam keine Strafe.

Als sie den Cherubin in »Figaros Hochzeit« von Mozart sang, kam sie der Chefdirigent aus Basel ansehen, und sie wurde für die nächste Saison nach Basel geholt.

In diesen Sommerferien brachte sie Vati ins Grand Hotel auf den Bürgenstock und besuchte sie jeden Nachmittag zum Tee. Dazwischen hatte sie zwei Konzerte mit großem Orchester und dem Dirigenten Beer im Luzerner Casino. Vati hatte ihr dafür ein wunderschönes weißes Spitzenkleid bei Grieder gekauft. Diese Konzerte wurden so beliebt, dass sie dieselben drei Sommer mit neuem Programm wiederholte. In all den Zeiten ihrer Ferien oder freien Tage war sie viel auf dem Vierwaldstädtersee am Schiff und sah sämtliche der schönsten Plätze der Schweiz, oder sie fuhr mit den Bergbahnen ins Berner Oberland, inklusive Jungfraujoch.

Bei dem Reiter-Geschwisterpaar Lüthi in Schottland lernte sie reiten und hatte somit alles, was das Herz begehrt. Vati führte sie auch in guten Familien ein und wollte sie gerne verheiraten. Sein größter Wunsch war, dass sie Schweizerin würde, bevor er sterbe. Aber Christine gefiel keiner der Männer, sie war eine Träumerin und hatte ihre eigene Vorstellung in punkto Mann. Sie lebte mit Gott im alltäglichem Leben. Sprach mit ihm, wann immer sie wollte, dankte stets in Demut für ihre Begabung, lebte fern jeder Realität, eingeschlossen in einer Welt, die beglückend und total erfüllend ist. Privat bescheiden, zurückhaltend, ja sogar schüchtern. Aber von einer Intensität, einem Feuer und einem Temperament auf der Bühne, wie sie ihre Rollen erlebt, dem Publikum vermittelt, im Tragischen oder Komischen, rührend und hingebungsvoll, von der Musik förmlich getragen. Wenn man sie nach einer Vorstellung fragte, wie sie das mache, sagte sie: »Ich weiß nicht, ich war wie im Trance.«

8. Kapitel

Engagement Basel

Auch in Basel hatte sie wieder sehr Erfolg und besonders erneut mit dem Cherubin. Nach der Canzone im zweiten Akt hatte sie einen nicht enden wollenden Applaus, dass der Dirigent die Arie wiederholen ließ, was in der Oper ganz außergewöhnlich ist. Ihre Partner waren der bekannte Tenor und Bariton Wosniak und Gschwend. Unter der Regie des großartigen Regisseurs Wälterlin.

Sie hatte ein Zimmer in der St. Alban-Vorstadt, blieb aber generell in Luzern wohnhaft, da sie an freien Tagen stets nach Hause fuhr. Um ihr das Heimkommen noch zu erleichtern, schenkte ihr Vati einen weißen Mercedes.

Sie hatte in Basel bald viele Freunde und Verehrer, unter anderem die Familie von Grünigen und besondere Frau Mama Milli, eine sehr gute Pianistin, die sie zu Liedkonzerten im Lyceum Club Basel einlud. Eine ihrer besten Freundinnen wurde deren heranwachsende Tochter Marianne von Grünigen, später eine sehr bekannte und berühmte Schweizer Botschafterin.

Alles wäre so schön gewesen, sie hatte wundervolle Rollen zu singen, ein gutes Klima unter den Kollegen, wenn nicht der Chefdirigent mit seinen Zudringlichkeiten ihr das Leben immer mehr erschwerte. Da sie seinen Wünschen nicht nachgab, fing er an sie zu quälen und schrie sie bei jeder Probe mehrmals grundlos an. Das war für Christine furchtbar! Sie zitterte bei diesen Szenen, wurde ganz unsicher und verstand sich nicht zu wehren. Bis sie sich eines Tages vornahm zurückzubrüllen. Es war bei einer Generalprobe, als sie außer sich und laut schrie: »Jetzt hab ich aber genug!« Und blitzartig verschwand. Sie kamen zu ihr, klopften und riefen an der Tür, aber sie rührte sich nicht.

Am Abend erschien sie pünktlich zur Premiere. In der Pause wurde sie vom Orchester gebeten, zu ihnen zu kommen. Als sie kam, gratulierten sie ihr, dass sie sich endlich gewehrt hatte. Mit einem Glas Champagner prosteten sie ihr zu. Allerdings kostete sie dieser Vorfall wieder ihr Engagement. Erneut hatte sie viele Tränen vergossen und war sehr unglücklich über diese Ungerechtigkeiten. Auch Vati, der für sie alles tat, litt mit ihr und konnte ihr nicht helfen. In solchen Situationen fühlte sie sich einsam und es kam ihr zu Bewusstsein, was für ein Einzelwesen der Mensch doch ist. Wenn nicht Gott unser Partner wäre, dachte sie, wie verloren würden wir sein.

Ein junger Verehrer brachte ihr eines Tages ein kleines Kätzchen in einer Schuhschachtel. Es war Einar Grabowsky, die rechte Hand von Direktor Karter an der Komödie in Basel. Das Kätzchen war eine wunderbare Idee, nun fühlte sich Christine nicht mehr so allein in ihren vier Wänden. Grabowsky wurde in späteren Jahren selbstständig und machte viele musikalische Tourneen im In- und Ausland. Da Christine seine Bewerbungen stets abwies, engagierte er sie nie. Sie plädierte nur auf Freundschaft, die sie inzwischen mit der Familie hatte. Seine Mutter, eine Malerin, malte sie als Cherubin. Ein sehr gutes Bild, welches ihr leider gestohlen wurde. Mit den Jahren war Grabowsky immens verschuldet und nahm sich auf tragische Weise das Leben.

Ein anderer Verehrer erzählte ihr bei einer Begegnung in späteren Jahren, dass er für sie Rosen gestohlen hätte, um sie ihr zu schicken.

Unter anderem sang sie in Basel noch eine kleine Rolle in der Oper »Nabucco« von Verdi mit dem berühmten Bariton Böhm. Und in der Operette hatte sie Duvoisin als Regisseur, den späteren Intendanten vom Bayrischen Staatstheater am Gärtnerplatz in München.

Es währte nicht lange und bei einem Gastspiel in Olten kam der Chefdirigent aus Bern, sah und hörte sie als Cherubin und sie wurde nach Bern engagiert. In ihren Gebeten konnte sie nie genug danken für all ihr großes Glück, welches sie ja auch privat hatte. Vati war mächtig stolz auf sie.

9. Kapitel

Bern

In Bern fing sie als Blondchen in der »Entführung aus dem Serail« von Mozart an. Obwohl sie eine Sopransoubrette war, sang sie mit Leichtigkeit die Höhen der Koloraturen dieser eigentlichen Koloratur-Soubretten-Rolle. Sie hatte den absoluten traditionellen Wiener Mozartstil, auf den sie an der Hochschule von Singer Mutter stets getrimmt wurde. Was bedeutet: eine schlanke, kopfige und modulationsfähige Stimme. Dazu brachte sie im Spiel ihren feinen Humor, gepaart mit herzlicher Wärme ins Treffen. Alles in allem war sie eine ideale Mozartinterpretin. Bei Presse und Publikum auf Anhieb erfolgreich.

Ihre Partnerin Marilyn Taylor bewunderte sie sehr. So stand sie oft hinter der Bühne, um die Arie ihrer hervorragenden Konstanze zu hören. Christine befreundete sich sehr schnell mit der lieben Amerikanerin, die später an der Wiener Volksoper engagiert war.

Sie fühlte sich sehr wohl in Bern, hatte schöne Rollen in Opern und Operetten, war vollbeschäftigt und hatte zudem nette Kollegen. In ihrer Freizeit fuhr sie heim nach Luzern. Bis sie eines Tages mit der Rolle der Despina in der Mozart-Oper »Cosi fan tutte« besetzt wurde, und der Dirigent aus Zürich, der ihr seinerzeit so geschadet hatte, als Gastdirigent kam und Christine ablehnte. Voller Verzweiflung vertraute sie die ehemalige Geschichte der Direktionssekretärin an. Diese war sehr empört und sprach mit dem Intendanten, worauf dieser Christine versicherte, dass sie singen werde, eher würde er den Kontrakt mit dem Dirigenten lösen. Dass der Intendant so zu ihr stand, machte sie stark, sie sang und meisterte blendend diese heikle Situation. Noch dazu mit einem Riesenerfolg. Ihre Partner waren der Tenor Delorko, später in Deutschland, Geissler,

Mezzosopran, und in der Einstudierung der Dirigent Schaub, späterer Chef von Düsseldorf.

Sie war nun drei Jahre fest in Bern, sang erneut den Cherubin, diesmal mit dem berühmten Dirigenten Ackermann aus Köln, der die Sänger auf Händen trug. Er atmete und sang mit ihnen und achtete auf jeden Einsatz, sodass der Sänger sich geborgen fühlte. Außerdem war noch ein berühmter Gast aus Wien, die Sopranistin Maria Reining, als Gräfin engagiert.

Als Christine bei einer Vorstellung krank war, sang sie ihre Rolle bis zum Ende und nachher sah man sie nicht mehr, bis sie ein Bühnenarbeiter hinter der Bühne zusammengebrochen mit 40 Grad Fieber fand und in die Garderobe brachte. Man fragte sie, warum sie nicht abgesagt hätte. »Aber das geht doch nicht, man hat doch eine Verantwortung gegenüber dem Publikum und den Kollegen.« Diese Einstellung behielt sie ihr ganzes Leben und sagte nie eine Vorstellung ab.

Dann sang sie die Undine von Lortzing, die Nedda in Leoncavallos »Bajazzo« sowie den Hirten in »Tannhäuser« von Wagner. In letzterem mit dem Tenor Windgassen aus Bayreuth, den großen Wagner-Sänger. Außerdem die Sophie im »Rosenkavalier« von Richard Strauss mit dem Wiener Bass Weber, in »Lustige Weiber« von Nicolai die Anna und in »La Bohème« von Puccini die Musette mit der herrlichen Sängerin Lisa della Casa. Christine war begeistert von dieser Sängerin und bewunderte sie grenzenlos.

Unter anderem sang sie die Operette »Zwei Herzen im Dreivierteltakt«. Zur Premiere kam der Komponist Robert Stolz aus Wien, als just in dieser Vorstellung eine kleine, lustige Episode passierte. Laut Regie musste Christine auf dem Schoß vom Tenor sitzen. Bei Beginn des Duettes merkte sie voller Schreck, dass der Tenor seinen Hosenschlitz offen hatte. Als sie sich setzte, hatte sie endlich Gelegenheit, den Tenor auf sein Missgeschick aufmerksam zu machen. Sie hatte ein hellblaues Walzerkleid aus Organza an. Es kam der Moment, wo sie mit einer Drehung von ihm wegtanzen musste, alles gut und schön, aber als sie am Ende des Kleides ankam, hing sie an seiner

Hose fest. Das Publikum schrie vor Lachen, beide zogen an dem Kleid hin und her, bis der Tenor ein Stück Stoff herausriss, welches dann an der Hose hing bis zum Rest dieser Szene. Es war zu komisch! Nach der Vorstellung sagte Stolz zu Christine: »Dieses Extempori sollten Sie beibehalten, ich habe Tränen gelacht.«

Vati kam stets zu ihren Premieren und anschließenden Premierenfeiern, allein ging sie zu keiner Party. Erstens war sie privat zu scheu, was man immer für arrogant hielt, und zweitens sagte ihr dieses oberflächliche Getue nicht zu. Sie war eine Träumerin, lebte in ihrer unschuldigen, eigenen Welt und liebte Gespräche mit natürlichen, charaktervollen Menschen, die etwas zu sagen hatten. Außerdem, da sie sehr hübsch war, dachten die meisten Männer, sie wäre ein Freiwild, und das störte sie enorm.

Sie hatte viele Fans und Freunde und wurde mit Blumen überschüttet. Ein Verehrer malte sie als Puppe in »Hoffmanns Erzählungen« von Offenbach. Cily Falb, die Schwiegermutter vom Dürrenmatt, war eine ihrer Freundinnen, und so wurde sie öfter von Dürrenmatts nach Neuchâtel eingeladen. Es war eine schöne, wertvolle Freundschaft mit der Familie. Dort gab es stets wunderbare Diskussionen bis in alle Nacht hinein, ganz nach dem Geschmack von Christine. Mal war auch Max Frisch dabei, Christine fühlte sich danach bereichert. Langsam wurde man auf sie aufmerksam und zunächst engagierte sie das Fernsehen in Zürich für die Oper »Susannens Geheimnis«, Komponist Wolf-Ferrari, in der Titelrolle; ihr Partner erneut der Bariton Gschwend.

Manchmal sang sie in einem Werk verschiedene Rollen, das war überhaupt eine ihrer Stärken, sie hatte auch die Nerven dazu. Zum Beispiel in der Operette »Wiener Blut« von Johann Strauß sang sie die Soubrette Peppi, die Sängerin Cagliari und die Sängerin Gräfin. Im »Figaro« auch Susanne und Gräfin. In »Cosi fan tutte« Despina und Fiordiligi. In »Die lustige Witwe« die Glawari und Valencienne. In »Land des Lächelns« Lisa und Mi oft alternierend. Als sie an einem Abend die Gräfin aus »Wiener Blut« sang, kam die Managerin Olga Altmann aus Wien in die Vorstellung und machte mit ihr einen Vertrag für London. In der Woche sechs Vorstellungen, zweimal die Gräfin in »Wiener Blut« und viermal »Die lustige Witwe« von Lehár mit einer wöchentlichen wunderbaren Gage in Pfund und Proben in Wien. Christine war im Himmel vor Freude und dankte unentwegt Gott für diese Gnade. Die Kollegen warnten sie: »So einen großen Erfolg wie bei uns wirst du dort nicht haben!« Sie löste den Vertrag in Bern aber nicht ohne vorherige Beratung mit der Direktionssekretärin Fräulein Schiffmann, mit der sie sehr befreundet war. Sie sagte: »Mache mit Bern einen Gastspielvertrag als Sängerin. Da du ein Jahr wegbleiben wirst, ist es wichtig, für deinen Anschluss zu sorgen. Mit dem Londoner Engagement hast du bereits einen Fachwechsel von der Soubrette zur Sängerin gemacht. Dadurch und mit Gastspielen gehst du noch dazu in eine höhere Klasse der Gage!«

10. Kapitel

London

Christine fing sofort mit dem Studium der »Lustigen Witwe« an, denn es blieb ihr nicht mehr viel Zeit bis zu den Proben in Wien. Auf der Reise dorthin tat sie sich hinten am Fenster in ihren Wagen einen großen grauen Hut vom Vati, um den Anschein zu erwecken, nicht allein zu sein. Sie aß und trank nichts, um nirgends aussteigen zu müssen. Wenn sie müde war, schlief sie an einer Raststätte eine halbe Stunde und fuhr wieder weiter. So wurde sie nicht gesichtet, was der beste Schutz für sie war. Sie hatte vor, auf diese Weise bis nach Wien zu fahren, wobei ihr aber heftiges Zahnweh einen Streich spielte. Unter heftigsten Schmerzen suchte sie in Salzburg ein Hotel, ließ sich mit einem Medikament helfen und reiste am nächsten Morgen mit dicker Wange weiter. In Wien angekommen stürzte sie sofort zum Zahnarzt, der ihr einen Weisheitszahn ziehen musste. Da sie auch Fieber hatte, konnte sie zu den Proben nicht pünktlich erscheinen. Das brachte ihr viele Schwierigkeiten gleich zu Beginn. Als sie einen Tag später ins Wiener Konzerthaus zur Probe kam, war die Atmosphäre sehr frostig und sie fühlte sich bei den Kollegen total unten durch. Dazu kam noch, dass sie ihre Rolle noch nicht total beherrschte. Die Sängerin Wachmann von der Stuttgarter Staatsoper schrie: »Das ist ja ein Wahnsinn, was man da engagiert hat, so eine Anfängerin, während ich als erfahrene Sängerin die Rolle mit großem Erfolg gesungen habe. Man muss diese Person sofort entlassen!« Einige schlossen sich ihrer Meinung an. Der Tenor O. Falvay, ein Star aus München, sagte: »Wenn man das Mädchen absetzt, dann gehe ich!« Das war natürlich ein Trumpf, der sofort die Geschichte zugunsten Christines drehte.

Die dritte Operette, welche gespielt werden sollte, war die »Csardasfürstin« von Kalman mit zwei Vorstellungen in der Woche. Die Hauptrolle sang Eleonore Bauer, eine Wienerin und ein nettes Mädchen, mit der sich Christine gut verstand. In weiteren Rollen K. Terkal von der Wiener Oper, der Dirigent Dr. W. Schönherr. Regisseur T. Niessner. Komiker F. Imhoff etc., alles berühmte Künstler aus Wien. Auch der Chor, das Ballett sowie die herrliche Ausstattung kamen aus Wien. Nach einem Monat Proben in Wien ging es nach London.

In London gab es noch mit dem englischen Orchester und auch dem englischen Dirigenten E. Renten die restlichen Proben. Dort ging es dann typisch englisch zu, z.B. ließen zu gewissen Zeiten die Bühnenarbeiter alles fallen und riefen: »Teatime!« Oder um 7 Uhr früh standen sie im Hotelzimmer, stellten Tee auf den Boden und riefen wieder: »Teatime!« Das hat ihnen Christine aber sofort abgewöhnt. Es war Herbst, neblig und ziemlich kalt im Hotel. Die Sänger klagten über den Nebel, der Christine nichts ausmachte, aber diese Sechs-Pence-Wärmeapparate ließen schon zu wünschen übrig

Die Premiere in dem schönen, großen Haus mit 3000 Plätzen war ausverkauft, und Christine freute sich wahnsinnig auf die Vorstellung – »Die lustige Witwe« wurde ein ganz großer Erfolg. Das Hauptlied Vilia musste sie da capo singen, das Publikum war so hingerissen und hörte nicht auf zu applaudieren. Die Presse überschlug sich förmlich am nächsten Tag: »Oh what a merry, merry Widow is Christine von Widmann! Magic is in her voice and every movement.« Oder: »Christine von Widmann is not only the joungest merry Widow she is probably the gayest. Nevertheless, it was in one of the more sentimental songs ›Vilia‹ which she also sang in English that her pure soprano voice was most appealing.« Die Pressestimmen waren von Evening Express, Evening Dispatch, Manchester Quardian.

Mit der Operette »Die lustige Witwe« war sie ein Star über Nacht. Auch »Wiener Blut« kam sehr gut an. Dagegen »Csardasfürstin« gar nicht. Da das Publikum für »Die lustige Witwe« um Karten Schlange stand, änderte man das Programm folgenderweise: Sechsmal »Die lustige Witwe« abends und zweimal »Wiener Blut« nachmittags, mittwochs und samstags. Also acht Vorstellungen in der Woche für Christine, ganz schön anstrengend, während Monaten.

Nach der Vorstellung saß sie mit ihren Kollegen beim Nachtessen und trank ausschließlich einen halben Liter Milch. Alle staunten, dass sie ohne Essen und Alkohol blieb. Dann ging sie auf ihr Zimmer, fühlte sich einsam, hatte schrecklich Heimweh und weinte viel. Sie bekam viele Briefe vom Vati, die sie stets beantwortete. Er schickte fast täglich im gelben Kuvert dünn geschnittenes Bündnerfleisch und meinte: »Das wird dich kräftigen.« Christine war davon zutiefst gerührt. Offenbar dachte er, sie müsse hungern, weil sie einmal schrieb, es stinke oft nach Lammfleisch, und das könne sie nicht essen. Die Kollegen schliefen sich untereinander durch, ein Horror für Christine! Einmal stahlen sie aus ihrem Zimmer ein Höschen und schwangen es vor ihr in der Hotelhalle. Sie war sehr empört und beschwerte sich bei Frau Iskoldoff. Diese sagte: »Das ist einerseits der Neid Ihres Erfolges wegen und anderseits die Wut, dass Sie unerreichbar sind. Mein liebes Kind, je höher Sie steigen, desto größer werden die Intrigen, und in Wahrheit ist das ein Plus für Sie!« Iskoldoffs schätzten sie so sehr, dass er mit ihr weitere Pläne hatte. Er wollte für sie ein Musical mit Tschaikowsky-Musik schreiben lassen. Zu Einladungen ging sie nur mit dem Ehepaar Iskoldoff. Plötzlich hatte sie einen Verehrer aus Leeds, der sie allesamt in einen Club einlud. Iskoldoffs kannten ihn und meinten, sie müsse keine Angst vor ihm haben, er wäre ein angesehener, reicher Jude. Er war schließlich in jeder Vorstellung, beschenkte sie fürstlich, lud sie in seinen schönen Rolls-Royce ein, um ihr London zu zeigen. Sie ging mit, aber nicht ohne das Ehepaar. Er war ein fescher, gut aussehender, sympathischer Mann und gefiel Christine, aber sie war auf der Hut. Er war auch 20 Jahre älter. Als er ihr aber einen Heiratsantrag machte, lehnte sie ab. Sie wollte doch noch nicht so jung heiraten, sondern erst Karriere machen. Dafür hatte sie gelitten und gekämpft. Das wirft sie nicht einfach hin, reich zu heiraten ist nicht ihr Ziel. Singen ist ihr Leben, den Menschen damit Freude machen empfand sie als einen heiligen Auftrag von oben.

Obwohl sie Gott in sich allgegenwärtig fühlte, mit ihm jederzeit sprechen konnte und dieses Wissen stets ihre Bedürfnisse und Wünsche stillte, hatte sie schreckliches Heimweh nach Vati und Luzern. So kam es, dass sie trotz ihres großen Erfolges und ihrer Beliebtheit nachts weinte, dazu täglich im Scheinwerferlicht stand, sodass sie eine Augenentzündung bekam. Im Spital gab man ihr Atropin-Tropfen. Vati schrieb ihr, dass diese Tropfen die Pupillen vergrößerten und es gefährlich wäre, damit jeden Tag im Scheinwerferlicht zu sein, sie könnte erblinden. Es gebe in Bern einen berühmten Professor und sie solle versuchen zwischen den Gastspielen, die nun in England begannen, einen Tag nach Bern zu fliegen. Er hätte mit dem Professor gesprochen und dieser meinte, er könne mit einer Behandlung möglicherweise helfen. Christine nahm diesen Rat an und es wurde ihr geholfen. Nur, am nächsten Tag hatte sie in Manchester Vorstellung und konnte in der Früh wegen großem Nebel nicht abfliegen, erst ein paar Stunden später. In London riss man sie aus dem Flugzeug in ein Taxi und trotz wildester Fahrt kam sie im Opernhaus Manchester eine Stunde verspätet an. Ihre Rivalin hatte bereits ihr Kostüm an, um einzuspringen. Aber Iskoldoff ließ sie nicht auftreten. Er tröstete das Publikum und sie warteten. Als Christine auf die Bühne trat, gab es einen frenetischen Applaus. Als Dankeschön bekam sie von Iskoldoff eine riesige Bonbonniere, so groß wie sie noch nie eine gesehen hatte. Sie freute sich wie ein Kind. Iskoldoff sagte: Das Publikum verlangt den Star von der Londoner Premiere zu sehen, ansonsten wolle es das Geld retour. Anschließend gastierten sie noch in Newcastle, Edinburgh, Glasgow, Aberdeen, Birmingham, Liverpool, Blackpool, Bristol und Leeds.

In London hatte sie inzwischen so viele Freunde, und viele wollten sie gerne für immer behalten und trugen ihr sogar die Staatsbürgerschaft an. »Nein, nein, danke«, sagte sie, »ich bleibe in der Schweiz. Erstens habe ich dort meinen teuren Vati, und zweitens schätze ich das politische System der Schweiz, welches es nirgends so auf der Welt gibt.« Unter den Freunden befanden sich das Ehepaar Sonsky und Graf Esterhazy, die sie an die Côte d'Azur einluden.

11. Kapitel

Ferien an der Côte d'Azur

Als Christine von England heimkam, war sie von den Strapazen und dem En-Suite-Singen sehr müde, sodass ihr Vati riet, die Einladung an die Côte d'Azur anzunehmen – da sie sich in den Sommerferien für einen Meisterkurs im Mozarteum Salzburg angemeldet hatte und dann besonders ihre Stimme ausgeruht sein sollte. Nach ein paar schönen Tagen bei Vati fuhr sie mit dem Zug zu Sonskys nach Cannes. Dort wurde sie sehr lieb empfangen, bekam in ihrer schönen Villa, die außerhalb der Stadt lag, ein hübsches Zimmer und einen Cadillac vollautomatisch und war tagsüber sich selbst überlassen, währenddessen Graf Sonsky mit einem Ferrari Rennen fuhr und seine Frau schlief, da sie jede Nacht im Casino spielte. Abends gab es immer ein tolles Nachtessen mit vielen Gästen. Dem alten Grafen Esterhazy unterstand das Personal, aber er ließ es sich nicht nehmen, selbst zu kochen. Iskoldoffs, ihr alter Verehrer aus Leeds und viele andere Freunde wohnten im Hotel Carlton in Cannes. Mit viel Freude fuhr sie an der schönen Côte d'Azur spazieren, badete am Strand vom Carlton Hotel, traf dort Doris Day und plauderte mit ihr, oder traf sich im Garten vom Carlton zum Kaffee mit Iskoldoffs. Die beiden waren sehr bedrückt, da sie mit ihrer italienischen Stagione in England Probleme hatten. Deshalb mussten sie auch bald abreisen, was Christine sehr leidtat. Die Freundschaft mit ihnen war ihr sehr wertvoll. Einmal war sie auch zum Filmfestival eingeladen und traf dort Sophia Loren und Carlo Ponti. Es waren für Christine märchenhafte zehn Tage in der so genannten »Großen Welt«, in welcher sie sich aber nur wohl fühlte, weil sie sich selber treu blieb. Da sie gut zuhören konnte, beobachtete sie die Menschen und merkte, wie oberflächlich sie sind, sodass man kaum einen findet für ein gutes Gespräch. Ohne Iskoldoffs wäre sie dort sehr allein gewesen. Zu

Hause angekommen hatte sie noch ein paar Tage mit ihrem geliebten Vati. Mit ihm konnte sie über alles sprechen, er war so ein gebildeter, feiner und gefühlvoller Mensch. Danach ging's per Auto an die Internationale Sommerakademie des Mozarteums in Salzburg zu dem Meisterkurs zu Professor Salvatore Salvati aus Italien.

Oft hatte sie Ideen im Schlaf und diese des Meisterkurses war eine davon. Alles, was sie tat, kam aus ihrem Innersten und war die Quelle ihres Reichtums. Aus dieser Quelle entsprang auch ihr tiefer Glaube.

Im Meisterkurs ließ man sie stets vorsingen, weil der Meister selber von ihrer Gesangstechnik so angetan war, aber außer einem schönen Zeugnis brachte ihr der Kurs nicht viel.

An einem Wochenende fuhr sie nach Wien und traf den Symphoniker Hugo, einen der drei Brüder, um herauszufinden, ob er ihr Vater sei. Im Prinzip wollte sie es nur wissen. Doch er behauptete, er wäre es nicht.

12. Kapitel

Gastspiele Bern und München

Mit ihrer unglaublichen Energie und ihrem Optimismus stürzte sie sich in ihre neuen Aufgaben. Zunächst »Arabella« von Richard Strauss. Erneut mit der berühmten Sopranistin Lisa della Casa. Sie spielte ihre Schwester Zdenka mit Herz und Leidenschaft. In der Kritik stand: »Christine von Widmann hat Phantasie und Gemüt dazu, ihre Doppelrolle ganz zu erleben und mit überzeugender Innerlichkeit wiederzugeben; im Reigen des Schönen, das der Abend schenkte, war das Duett der Schwestern etwas vom Allerschönsten. Ebenso bezwingend ihr Auftritt im letzten Akt.«

In der Operette sang sie die Gräfin aus »Wiener Blut« von Johann Strauß. Für sie gab es keine Routine, jede Vorstellung nahm sie absolut ernst und wichtig. Der Applaus machte sie nicht stolz, sondern dankbar und trieb sie nur an, alles zu geben.

In dieser Zeit wurde sie wieder zum Fernsehen nach Zürich eingeladen und hatte dort ein Treffen mit Professor Hans Jaray, Schauspieler und Regisseur vom Theater in der Josefstadt in Wien. Er mache am Münchener Staatstheater am Gärtnerplatz die Regie von »Wiener Blut« und hätte sie gerne als Franziska Cagliari. Duvisin aus Basel, der jetzige Intendant dort, hätte sie empfohlen. So sang sie in Bern und München alternierend »Wiener Blut«, aber zwei verschiedene Rollen.

Sie hatte noch drei spezielle Begabungen. Erstens sang sie des Öfteren zwei bis drei Rollen in einer Oper oder Operette abwechselnd. Zum Beispiel in »Figaros Hochzeit« Cherubin, Susanne, Gräfin. Oder in »Cosi fan tutte« die Despina Fiordiligi. In »Wiener Blut« Peppi, Cagliari, Gräfin. In »Die lustige Witwe« Glawari und Valencienne. In »Land des Lächelns« Lisa und

Mi. Zweitens sprang sie in Rollen, auch in solche, die sie nie gesungen und nur musikalisch studiert hatte, ohne Orchester- oder Bühnenproben, null Komma nichts ein. Zum Beispiel in »Rigoletto« die Gilda. Mit einer Verständigungsprobe jeweils vor einem Beginn des Aktes ließ sie sich die wichtigsten Stellungen zeigen und konnte sich dann einfach nach der Situation gefühlsmäßig ins Ganze einfügen. Sie hatte eine immense Nervenkraft und war dadurch die Ruhe selber. Drittens machte sie oft ihre Kostüme selber, zum Beispiel für München. Da sie mit der Neueinstudierung »Wiener Blut« sehr Erfolg hatte, bekam sie einen Gastspielvertrag für sämtliche Werke. Lehárs »Die lustige Witwe«, »Land des Lächelns« und »Zarewitsch« sowie Johann Strauß »Eine Nacht in Venedig« – erste Sängerinnen-Rollen, in die sie in kürzester Zeit einsteigen musste. Da die Vorstellungen seit langem im Repertoire waren, hatten die Kostüme schon sehr gelitten, sodass sie einige eigene Kostüme brauchte. Dieselben entwarf und machte sie nebenbei mit der gleichen Begeisterung und Ausdauer, wie sie alles anpackte. Mit der Einstellung wie sie später in der Operette »Die Kaiserin« von Leo Fall sang: »Was ich mach, das mach ich richtig, was ich tu, das tu ich ganz«! Ihre Partner waren Günther Baldauf, Franz Klarwein, Hendrikus Rootering, Ferry Gruber, Harry Friedauer, Elisabeth Biebl, Ditta Diesel, Dirigenten Carl Michalski, Heinrich L. Neudhart. Regie Professor Jaray, Willy Duvoisin und Heinz Klee.

Nun war sie mit ihrem Wagen monatelang zwischen München und Bern auf Achse. Von München nach Bern fuhr sie stets um 2 Uhr früh, weil sie dann keinen Verkehr hatte. Da sie im Auto stets übte, verging ihr die Zeit der Reise im Flug.

Dazwischen hatte sie noch einzelne Gastspiele in Lausanne, im Theatre Municipal de Lausanne, mit der Oper »Entführung« als Blondchen, Dirigent Heinz Wallberg aus Bremen, Regie Julius Brombacher aus Nürnberg, Konstanze Lieselotte Losch von der Oper Berlin. Dann im Opernhaus Zürich die Oper »Wildschütz« von Lorzing in der Rolle der Baronin. Sowie an der Television ein Konzert mit dem berühmten Tenor Max Lichtegg. Überall durfte sie Erfolge verzeichnen. Nach Lausanne wurde sie von dem

Ehepaar Dürenmatt begleitet. Sie wollten sie endlich einmal sehen und vor allem hören. Das war von dem berühmten Dramatiker eine Auszeichnung für Christine.

Als sie zu Vati kam, war sie so jung und unterernährt, körperlich sah sie aus wie ein rachitisches Kind. Durch das gute Leben in der Schweiz und vor allem die gute Milch, welche sie literweise trank, entwickelte sie sich enorm und wuchs bis zu ihrem 24. Lebensjahr. Das hatte Vati mit einem Strich an einer Tür kontrolliert. Plötzlich war sie erwachsen und erschrak über ihr Tun. Bis dato hatte sie kein Lampenfieber, aber nun fing es an, sie zu plagen. Sie sprach mit Vati darüber, und er sagte: »Das meisterst du schon, Christeli, sprich im Betterl nur mit deinem Gott, er wird dir bestimmt helfen.« Das tat sie auch intensiv und so kam sie allmählich wieder ins Lot.

Nun nahm Vati ihr das Versprechen ab, ihn nie in ein Spital zu geben, er würde gerne in seinem eigenen Bett sterben. Das löste in ihr eine große Sorge aus, denn sie wollte ihn doch so lange wie möglich behalten. Deshalb versprach sie ihm, im Notfall alles abzusagen, bei ihm zu bleiben und ihn selbst zu pflegen. Er war sehr gerührt und froh darüber. Sie bemerkte, dass er stundenlang vor der Television saß und einschlief. Das machte ihr Kummer, weil sie instinktmäßig überzeugt war, dass diese ewige Bestrahlung gesundheitlich gefährlich ist. Und sie bat ihn und die Haushälterin, dass er keinesfalls vor dem Fernseher schlafen sollte. Sie möge aufpassen und gegebenenfalls den Apparat sofort abschalten.

Er ging mit ihr zum Luzerner Stadtpräsidenten, der ein Freund von ihm war, und wollte, dass man sie einbürgere, weil sie durch die Adoption keine Schweizerin war. Doch das gelang ihm bei aller Freundschaft nicht. Deshalb wendete er sich an einen berühmten Notar und machte ein Testament zugunsten Christines. Das alles machte Christine sehr nachdenklich, und sie bat jeden Tag innig den lieben Gott Vati zu schützen, dem sie alles verdankte und den sie so liebte.

Zu jener Zeit kam einer der drei Brüder, nämlich Oscar, aus Berlin vom Philharmonischem Orchester mit einem Oktett nach Bern zu einem Konzert in der französischen Kirche. Natürlich wohnte Christine diesem bei und ging in der Pause zu ihm in die Garderobe. Er lud sie nach der Vorstellung ins Du Théâtre ein. Bei dieser Gelegenheit hatte sie das bestimmte Gefühl, dass er ihr leiblicher Vater sein könnte. Aber sie hütete sich, etwas verlauten zu lassen, vielmehr behielt sie es als ein Geheimnis in ihrem Innersten. Er vermied jedes Gespräch über Familienverhältnisse.

Neben vielen anderen Rollen bekam sie jetzt eine der schönsten Frauenrollen der Opernliteratur, Puccinis »Madame Butterfly«.

Eine sehr schwere und eine der größten Sopran-Partien. Bei der Einstudierung arbeitete sie mit einer unermüdlichen Ausdauer und Disziplin, akustisch und optisch gleichermaßen. Tagsüber Proben im Theater, nachts mit Noten unter dem Kissen, jederzeit bereit, wenn sie erwachte, zu üben, inspiriert, erfinderisch und musisch. Auch gestalterisch verlangte es ihr viel ab. Dabei musste sie bei ihrem Temperament sehr auf die Stimme aufpassen und nicht jede Probe voll aussingen, sondern dazwischen auch markieren, damit die Stimme stets in Form blieb. Also auch mit Köpfchen arbeiten. War sie voll in Fahrt, konnte sie mit ihrer Stimme und ihrem Ausdruck so vieles sagen, dass das Publikum ihren Seelenzustand jeweils erfühlen konnte. Um in eine Rolle ganz zu schlüpfen, gab sie stets alles, was sie hatte, und war wie im Traum eingesponnen, sodass sie die Bewunderer, aber auch Neider, die in den Kulissen standen, nie bemerkte.

Im Berner Bund hieß es: »Zuerst spielte sie dieses zarte kleine Mädchen in Ton und Gebärde rührend, dann wie sie durch ihre Liebe wächst und sich immer mehr entfaltet. Sie konnte Gefühle unglaublich vermitteln und ausdrücken. Die Glückseligkeit und sichere Erwartung in ihrer ersten Arie und die Steigerung in die Dramatik dieser Rolle war wie ein Wunder von so einer jungen Sängerin. Gesanglich mit einer Selbstverständlichkeit und leichter, wundervoller Höhe. Der Höhepunkt: Die Mutterarie, und der Schluss so erschütternd gespielt, dass man merkte, wie ergriffen das Publikum war. Am Ende Sekunden Stille und dann tosender Applaus.«

13. Kapitel

Vilmos

Nun hatte es Christine erwischt! Im Direktionsbüro von Frl. Schiffmann traf sie einen jungen ungarischen Regisseur, der am Theater als Regieassistent engagiert wurde. »Nie einen vom Theater«, war ihr Spruch! Aber nun war sie wie elektrisiert und verliebte sich Hals über Kopf! Er war superintelligent, hatte gute Manieren und sah noch dazu gut aus. Es begann behutsam und langsam. Kaum entwickelte sich eine märchenhafte Romanze, zog er sich wieder zurück. Das gab Tränen bei ihr, aber sie ließ sich nichts anmerken, war viel zu stolz. Er ertrug es auch nicht lange und bald bat er sie um ein erneutes Rendezvous. Er erklärte ihr nun ausführlich sein Problem: dass er ja nur ein Flüchtling wäre ohne Hintergrund und ohne seine geliebten Eltern, welche er so schwer vermisse. Es war gut, dass er Christine traf. Mit ihrem Idealismus und ihrer Güte bot sie ihm sofort Hilfe an. Besonders gefiel ihr, dass er seine Eltern so entbehrte. Seine Weichheit und Zärtlichkeit war alles für Christine, ja es war genau das, was sie ihr ganzes Leben bitterlich vermisste. Sie brachte ihn zu ihrem Vati und stellte ihn als Kollegen vor. Aber als sie von Vati weggingen, hängte sie sich an seinen Hals und flüsterte: »Ich hab ihn lieb!« Vati antwortete, er hätte es gemerkt und verstehe das, er wäre ja dieselbe Ausgabe wie sie! Und damit war Vilmos akzeptiert. So klar und einfach war das für Vati, obwohl er immer einen Schweizer wegen der Staatsbürgerschaft für Christine wollte. Als Vilmos Christine einen Heiratsantrag machte, sprach sie mit der Dürenmatt Mama und hatte von ihr die Zusage, dass sie die Eltern aufnehmen würde, bis sie verheiratet wären und eine Wohnung hätten. Christine handelte schnell und schrieb nach Budapest, als eine Art Verwandte, welche die Eltern aufnehmen wolle, da sie in der Schweiz so allein wäre und bat um eine Ausreisebewilligung. Vilmos wollte in einem Jahr schon heiraten und Christine war mit ihm einig, aber es gab noch ein Problem für ihn. Seine Eltern waren streng katholisch und Christine protestantisch, er müsse deshalb katholisch heiraten. Christine, die tief Gläubige, hatte damit überhaupt keine Schwierigkeiten. Sie sagte, die vielen Glaubensrichtungen wären sowieso ein Unsinn, es gebe doch für alle Menschen nur einen Gott, würde man das akzeptieren, wäre nicht so viel Uneinigkeit in der Welt.

Bei Vati wurde die Verlobung gefeiert und dazu wurden die Eltern in Budapest angerufen. Irgendwie, in ihrem tiefsten Innersten, störte Christine etwas an der Überschwänglichkeit der Mutter. Sie dachte, wir kennen uns ja gar nicht, wieso übertreibt sie dermaßen? Sie wollte das aber nicht wahrhaben, was allerdings später Konsequenzen hatte.

Nach ein paar Monaten bekamen die Eltern die Bewilligung zu kommen. Aber offenbar hatte die Dürenmatt Mama die Sache nicht ernst genommen, denn nun schreckte sie zurück und sagte ihre Hilfe ab. So musste Christine schnellstens eine Wohnung suchen, und sie nahm eine, in die sie nach ihrer Hochzeit auch einziehen konnten.

Während Christine weiterhin in München ihre Gastspiele absolvierte, bereitete sie in Bern die Operette »Die goldene Meisterin« von Eysler vor, wobei ihr nun erstmals Vilmos beistand. Er arbeitete mit ihr regielich, und sie war begeistert von seinem Können und Wissen. Hatte sie doch oft so schlechte Regien und musste sich manches Mal selber helfen. Mit großer Diplomatie um die so genannten Herrn »Regisseure« nicht zu beleidigen. Auch zu den Kostümproben ging er mit ihr und sagte genau, was er wie wollte. Er hatte mit 19 Jahren schon die Hochschule für Regie in Budapest besucht und war bereits Regisseur an der Budapester Oper.

14. Kapitel

Vati

In dieser wundervoll glücklichen Zeit der Liebe kam etwas sehr Leidvolles auf Christine zu, Vati erlitt einen Schlaganfall. Sie war schnellstens bei ihm, sagte alles ab und übernahm die totale Pflege Tag und Nacht. Der Liebe konnte sich nicht mehr rühren, nur seine schönen blauen Augen verfolgten ständig jede ihrer Bewegungen im Raum. Das gab ihr die Gewissheit, dass er sie wahrnahm, wenn er auch nicht mehr sprechen konnte. Er musste künstlich ernährt und täglich umgebettet werden, verbunden mit der entsprechenden Pflege, um am Rücken nicht wund zu werden. Alles besorgte sie bestens und mit viel Liebe, sodass der Arzt meinte, ob sie nicht Krankenschwester werden wolle. Sie sagte, als Kind habe sie daran gedacht, Sängerin oder Krankenschwester zu werden. »Was hat das eine mit dem anderen zu tun?«, fragte der Arzt. In beiden Berufen kann man dienen und geben und das wäre ihre Aufgabe im Leben, erwiderte sie.

Der Arzt sagte, Vati müsse sterben, aber Christine glaubte das nicht und betete täglich inbrünstig um sein Leben. Zwei Wochen pflegte sie ihn unerschütterlich, ohne Rücksicht auf sich selber, in der großen Hoffnung, ihn retten zu können.

Bis eines Tages Vati laut, schwer und schnell atmete und sie sich auf sein Bett setzte, seinen Kopf in ihre Arme nahm und er sein Leben aushauchte. In diesem Moment hatte sie so viel Kraft wie ein Fels, blieb wie erstarrt bei ihm. Als sie ihn aber abholten und ihr wegnahmen, schrie sie vor Verzweiflung und ward außer sich vor Schmerz.

15. Kapitel

Wieder zurück in Bern

Obwohl Christine innerlich sehr litt und eine Welt für sie zusammenbrach als Vati starb, hatte sie doch die Kraft, damit allein fertig zu werden. Das kam wahrscheinlich von ihrer dramatischen Kindheit. Und so ging sie sofort wieder tapfer auf die Bühne und sang. In ihrem Glauben war sie fest überzeugt, dass alles möglich ist und es aus jeder Situation einen Ausweg gibt, man müsse nur nachdenken und beten, mit Gottes Hilfe fände man immer einen Weg. Sie sang erneut »Die lustige Witwe«, aber nun in Bern. In der Kritik der Berner Nachrichten hieß es: »In der ausgezeichneten Aufführung gastiert nun Christine von Widmann in der Titelfigur der Hanna Glawari. Stimmlich trefflich disponiert und vorbildlich schwerelos hebt sie in ihrer Darstellung vor allem den schelmischen Sinn und die Heiterkeit hervor. Im Schlussakt präsentiert sie sich in einer wunderbaren Robe der Grande Dame der Jahrhundertwende leuchtend weiß und diademgekrönt. Christine von Widmann, die in London »Die lustige Witwe« mit besonderem Erfolg gesungen hat, fand auch in Bern den wohlverdienten Beifall eines vollen Hauses.«

Dann sang sie die »Walzerkönigin« von Schmidseder. Der Kritiker schrieb im Berner Tagblatt: »Es bot sich diesmal ein besonderer Glücksfall für die Besetzung: Christine von Widmann in der Doppelrolle der mondänen Operettendiva von 1870 und ihrer verschupften kleinen Schwester in allen Phasen des Abends siegreich und reißt mit. Stimmlich bewältigt sie mühelos ihren gewaltigen Part, besonders in der Höhe strahlend, in der großen Toilette mit Reifrock und riesigem Federhut erscheint sie bildhaft schön, überzeugend auch in allen Szenen schalkhafter Komik. So namentlich im Duett mit dem mittanzenden ›Perlenkollier‹. Der Erfolg der »Walzerkönigin« war durchschlagend.«

Oder die Neue Berner Zeitung: »Die über alle Maßen raffinierten Toiletten für die in einer Doppelrolle brillierende Hauptdarstellerin des Werkes, Christine von Widmann, die als Gast wieder einmal mit aller ihrer charmanten Munterkeit und ihrem auf der vollen Höhe stehenden Gesang das Haus in ihren unwiderstehlichen Bann zu ziehen vermochte. Das Publikum war von diesem hinreißenden Wirbel in wahre Ekstase versetzt worden und feierte die sämtlichen Mitwirkenden nach Schluss der wohlgelungenen Vorstellung in langandauernden Ovationen.«

Danach sang sie »Die goldene Meisterin«. Kritik der Neuen Berner Zeitung: »In der Titelrolle brillierte Christine von Widmann, die nach ihrem Gastspielurlaub vom Haus frenetisch begrüßt wurde. Sie hat in der Zeit, da wir sie nicht gehört haben, in jeder Beziehung außerordentlich gewonnen. Ihr Spiel ist sehr fein und dezent, dabei doch sehr beweglich und anmutig. Gesanglich darf man sie vorbehaltlos für ihre Leistung beglückwünschen. Ihre Stimme hat an Volumen und Durchschlagskraft zugenommen, dabei singt sie stets mit feiner Musikalität. Eine Augenweide für sich ihre wunderschönen und sehr aparten Toiletten, die sie mit echt wienerischer Grazie zu tragen wusste. Ein randvoll besetztes Haus amüsierte sich köstlich an dem sprudelnden Werk, erzwang ein da capo nach dem anderen und wollte am Schluss mit dem frenetischen Beifall nicht mehr aufhören. Es gab ein Meer von Geschenken und Blumen.«

Alle Rollen erarbeitete sie nun mit Vilmos, und er half auch stets bei den Kostümen, entwarf sie sogar und lernte ihr, mit riesigen Fächer zu spielen, sodass sie das Auftrittslied der Witwe mit Fächerspiel sang. Es war enorm, was er ihr im Spiel alles beibringen konnte.

Nach dem Trauerjahr waren die Eltern von Vilmos eingetroffen und in Christines Wohnung eingezogen, und die beiden heirateten standesamtlich in Wien. Zur selben Zeit wie das Opernsängerpaar Christa Ludwig und Walter Berry von der Wiener Staatsoper. Kirchlich heirateten sie dann in Bern mit den Eltern.

Der bekannte und berühmte Marcel Pravy aus Wien kam nach Bern, um Christine anzusehen, und holte sie für das Management der amerikanischen

Columbia nach Wien zu einem Vorsingen. Dabei wurde sie für 72 Konzerte in Nordamerika engagiert. Gleichzeitig ging sie zu dem damals ersten Agenten von Wien, Starka, der sie rufen ließ für die Sommerfestspiele im Redoutensaal der Wiener Hofburg. Auch mit ihm machte sie einen Vertrag für »Die Lustige Witwe«, diesmal für die Rolle der Valencienne. Mit den Partnern Johannes Heesters, Mimi Coertse, Laszlo Szemere, Paul Späni und Fritz Muliar. Auch bei dieser Aufführung hatte sie großen Erfolg, sang und tanzte Cancan wie ein Teuferl.

Im Redoutensaal sang sie auch einmal ein Liederkonzert und bekam von einem Fan das schönste Lob ihres Lebens. »Wissen Sie«, sagte er, »ich mag keine Liederabende.« – »Ja warum sind Sie dann gekommen?«, fragte Christine. »Na wenn man eingeladen wird«, meinte er. »Aber wissen Sie, in den ersten zehn Minuten höre ich die Stimme und weiß, sie ist schön oder nicht schön, aber dann wird es fast immer langweilig und ich schlafe ein. Aber Sie haben mir ja Geschichten erzählt, so lebendig und charmant mit Ihrer schönen Stimme, Ihrem Ausdruck und feinen Humor! Das hat mich so interessiert, da konnte ich doch nicht schlafen.«

Während des Gastspiels im Redoutensaal holte sie erneut der Regisseur Professor Hans Jaray für eine Inszenierung der Oper »Die alte Jungfrau und der Dieb« von Menotti ins Wiener Fernsehen. Sie sang die Rolle der Letitia und ihr Partner war Walter Berry von der Staatsoper.

Vilmos hatte nicht viel von Christine, weil sie ja immer beschäftigt und er in Bern gebunden war. Als sie endlich etwas Freizeit hatte und heim nach Bern kam, fuhr sie mit ihm in der Schweiz und in Deutschland herum, weil er ein Engagement als Regisseur suchte. Da er aber in diesem Fach außer Papieren von Ungarn nichts vorweisen konnte, hatte er auch kein Glück. Viel besser hat es da ein Sänger, der in jedem Fall vorsingen kann.

16. Kapitel

Amerika – »Vienna on Parade«

Wieder hatte sie die Proben im Wiener Konzerthaus und Kostümproben bei dem berühmten Ausstatter Bey der Wiener Eisrevue sowie viele Fototermine. Es gab nur zwei Gesangssolisten; ihr Partner, der Tenor Erwin v. Gross. Sie sangen ein Programm von Strauß, Lehár und Stolz, mit dem Dirigenten Julius Herrmann und seinem großen Orchester sowie Chor und Ballett. Zum Unterschied von einem europäischen Konzert wurde eine Show inszeniert.

Am 23. Dezember war es dann so weit und sie reisten vom Westbahnhof Wien nach Hamburg, daselbst fanden drei Konzerte statt, in Kiel, Bremen und Hamburg, bevor es nach Rotterdam auf das Schiff »Statendam« ging. Es gab ein wundervolles Abendessen. Christine war zum ersten Mal auf einem Schiff und kam aus dem Staunen nicht heraus. Ihr »vermeintlicher« Vater Oscar gab ihr gottlob zwei Ratschläge: »Eine Stunde bevor du auf das Schiff gehst, nimm eine Dramamine Tablette! Und denke daran, du gehst beruflich nach Amerika, nicht privat, halte dich ruhig, habe nicht den Ehrgeiz alles zu sehen und zu erleben, das liegt nicht drin, sonst riskierst du, dass du stimmlich verlierst. Es ist anstrengend, 72 Konzerte zu singen und stets auf den langen Reisen zu sein.« Das nahm sich Christine sehr zu Herzen. Am nächsten Morgen waren 90 Prozent der Kollegen krank. Es gab eine stürmische Nacht, bei Windstärke 11, alles flog durch die Gegend. Christine war durch ihre Vorsicht gesund. Sie wackelte zwar an den Schiffsstangen in den Knien, als sie ihre Kollegen, die weinten und sterben wollten, so elend fühlten sie sich, in den Kabinen besuchen ging. Die ganze Überfahrt blieb es so schrecklich stürmisch. Als sie ankamen und Christine die Freiheitsstatue sah, war sie so aufgeregt und freute sich wie ein Kind.

Sechs Tage blieben sie in New York. Am ersten Tag hatten sie Probe, dann gab es ein Trayout in Newark, dabei wurden von der Columbia noch Korrekturen angebracht, bevor sie Premiere in der Carnegie Hall hatten. Christine war so ergriffen, als sie die vielen berühmten Bilder von Caruso bis zur Callas sah, dass ihr Tränen der Freude kamen. Innigst bedankte sie sich oben, dass sie hier singen dürfe.

Es war eine wundervolle Vorstellung in dem schönen großen Haus. Das Publikum tobte vor Freude. Das Schwipslied von Strauß musste Christine da capo singen, dabei wurde viel gelacht. Nach der Aufführung stürzten die Menschen auf die Bühne, um die Künstler zu umarmen. Eine völlig neue Situation, die man in Europa nicht kannte. In Christines Garderobe kam die berühmte Sängerin Marta Eggert, um ihr zu gratulieren. Ausgerechnet die Sängerin, mit der sie ihren ersten Film Bohème sah, beziehungsweise ihren verstorbenen Mann Kiepura, von dem sie via entferntem Grammofon ihr erstes Lied lernte: »Ob blond, ob braun, ich liebe alle Frauen«. Diese beiden Menschen hatten sie als Kind inspiriert, Sängerin zu werden. Christine war fassungslos über diesen ereignisreichen Abend, und sie meinte, ihr Herz würde zerspringen. Die ehemalige große Sängerin Maria Jeritza schenkte allen Künstlern einen Regenschirm, da sie mit einem reichen Schirmfabrikanten in New York verheiratet war. Es gab eine große Premierenfeier mit vielen Emigranten.

Als sie endlich frühmorgens und todmüde in ihr Hotelzimmer kam, betete sie innig und sagte: »Ich danke dir, lieber Herr, dass ich mein Glück sehen und empfinden kann, dass ich dich in mir trage und mit dir leben und mich wie im Märchen fühlen darf auf dieser schönen Welt. In welcher Glückseligkeit befinde ich mich, dass ich deine Bestimmung erfüllen und vollbringen darf, was ich mir vorgenommen habe, und damit überall so viel Freude anrichte.«

In den paar Tagen New York konnte sie nun doch etwas sehen und erleben, da sie viel Freizeit hatte. Sie schrieb wie versprochen jeden Tag einen Brief an Vilmos, war in einem Musical am Broadway und wurde von Emigranten eingeladen. Dabei schlugen sie Christine vor, in New York zu bleiben, man würde sie einbürgern etc. Wieder wie seinerzeit in London lehnte Christine mit derselben Begründung dankend ab.

Nun ging es mit zwei großen Greyhound-Bussen durch Amerika. Christine hatte die vordere Sitzreihe im Bus für sich, sodass sie schlafen konnte. Es gab nämlich stundenlange Entfernungen. So reisten sie bis zur Vorstellung tagsüber, aber oft auch nach der Vorstellung nachts. In ihrem Bus befand sich unter anderem auch das Ballett und da ging es stets sehr laut zu. Aber Christine hatte eine Gabe abzuschalten, wenn sie sich darauf einstellte. Obwohl die Ehepartner beim Abschied einander versprachen, sie mögen gegenseitig aufpassen, dass keine Dummheiten passieren, hatte der Tenor gleich zu Beginn ein Gspusi mit einem Ballettmädchen. Wie hätte Christine das verhindern können? Sie dachte: »Eher kann man einen Sack Flöhe hüten, als einen Mann, der verliebt ist!« Und so geschah es, wie es geschehen musste, anfangs hatten sie beide tolle Kritiken, was sich für ihn später abschwächte, da er seine Kräfte anderweitig verbrauchte. Das geht bei einem Sänger nicht! Singer Mutter sagte einmal ganz drastisch: »Es geht nicht auf der Bühne und im Bett!«, als eine sehr gute Schülerin bei einem Vorsingen an der Wiener Staatsoper versagte. Christine hatte sich das gemerkt, obwohl sie es damals noch gar nicht verstand. Als Christine nur noch allein in den Kritiken brillierte, bekam der Tenor einen Hass auf sie. Er schimpfte bei ihrer Garderobiere auf sie, und dieselbe erzählte es ihr zurück und sagte: »Du musst dich wehren!« – »Das mache ich nicht«, sagte Christine, es gäbe einen offenen Kampf, das würde man dann auf der Bühne merken und die schöne Vorstellung kaputt machen. »Sei ein ›Deplomat‹«, sagt der Wiener – und so tat sie, als merkte und wüsste sie von nichts. Er schimpfte weiter, sie wäre infantil und er würde sie einmal von der Bühne stoßen. Sie sei nicht die Erste, mit der er so verfahren würde. Ihre Garderobiere machte sich große Sorgen deshalb. Aber Christine sagte: Niemand könne ihr wirklich schaden, am wenigsten ein Mensch, wenn sie von Gott getragen sei! Am Ende erwies sich ihre Haltung als richtig, und nichts passierte.

Sie fuhren durch Nordamerika, und es war sehr anstrengend, aber auch sehr schön. Jeden Tag traten sie an einem anderen Ort auf. So zum Beispiel am 17. Januar in Washington, am 26. in New Orleans, daselbst fanden sie eine feuchte, tropische Hitze vor, sodass sie gezwungen waren, Sommerkleider zu kaufen. Dort waren sie zwei Tage, und Christine konnte etwas von der schönen Stadt sehen und ein herrliches Jazzkonzert erleben, mit diesen einmaligen Jazzmusikern. Am 30. Januar waren sie in Little Rock und sangen vor einem ausschließlich schwarzen Publikum, auch sie zeigten viel Freude an der Vienna Show. Am 6. Februar in Houston/Texas konnte sie ein Rodeo, das Spiel mit den Pferden, sehen. Als Pferdeliebhaberin war sie davon begeistert. Wo sie auch hinkamen, erlebten sie Jubel und Freude. Am 28. Februar in Chicago war es bitter kalt und alles vereist. Dort sangen sie im Opernhaus vor 6000 Menschen, und Christine war wieder gerührt vor Freude, in so einen berühmten Haus singen zu dürfen! Nie vergaß sie, sich oben für diese Auszeichnungen zu bedanken. Nochmals einen Höhepunkt erlebte sie in Toronto, wo sie vor 10 000 Menschen sang, und überall waren sie ausverkauft. In Toronto hatten sie so viel Zeit, dass sie die Niagarafälle besuchen konnte. Ein besonderes Erlebnis, das sie nie vergessen wird.

Als sie im April mit der »Westerdam« heimreisten, war es Frühling und das schönste Wetter an Bord. Auf der Reise befand sich auch die Kaiserin Zita, welche Christine bat, für sie zu singen. Nichts hätte Christine mehr Freude bereiten können als diese Aufforderung, und es gestaltete sich als besonders herzliches Erlebnis.

PRESSESTIMMEN USA

Christine von Widmann, Erwin von Gross, Ballett und Chor hatten in vollendeter Hochform auf dem Podium der Carnegie Hall gespielt und gesungen. Womit bewiesen ist, dass die 3000 Menschen in der Carnegie Hall sich, wie man in Berlin sagt, wie Bolle aufm Milchwagen amüsiert hatten. (New Yorker Staatszeitung)

A bit of old Vienna. Gross and Christine von Widmann are the singing stars
Fine Duets
In a compressed Version of »White Horse Inn« Miss von Widmann displayed versatility in a Champagne drunken bit in contrast to more demanding selections. Her duets with Gross displayed both of them at their best, true operatic timbre. (Cleveland Plain Dealer)

Bandsmen Charm with Vienna Concert. Lovely Christin von Widmann internationally prominent opera singer and tenor Erwin von Gross offered alluring songs von Viennese operettas, Gross was effective, and Miss von Widmann irresistible. (Syracuse Harold Journal)

To Music of Old Vienna
The women in the east were notably pretty. Besides her singing the leading soprano Christine von Widmann was exceptionally striking in her resemblance to Zsa Zsa Gabor. (The Light San Antonio Texas)

Wien begeistert Milwaukee
Christine von Widmann brillierte in ihrem Sopran und hatte schon mit ihrem Auftrittslied »Draußen in Sievering« einen großen Erfolg errungen. Im zweiten Teil kam die Wiener Operette zu ihrem Recht. Kalman, Ralph Benatzky, Ziehrer und die bekannten Wiener Walzer von Strauß steigerten noch die Begeisterung des Publikums. (Milwaukee Herold)

Old Vienna Comes Alive in Show Here
The vocal Star of the afternoon, Christine von Widmann, appeared in number after number. She was most effective in the tipsy »Schwipslied« from Johann Strauß. (Milwaukee Journal)

… diesmal eine entzückende Wienerin mitbrachte. Christine von Widmann, Operettenstar der Wiener Bühne, die mit ihrer glockenreinen Soprano-Stimme und ihrem Charme die Anwesenden verzauberte. Besonders ihr

58

»Schwipslied« aus »Eine Nacht in Venedig« brachte Christine nicht enden wollenden Jubel und Bitten um Zugaben. (Toronto Courier)

Als sie von Amerika heimkam, fand sie unter ihrer Post die traurige Nachricht vom Tod des Managers Iskoldoff. Seine Frau schrieb herzzerreißend, er hätte mit der italienischen Stagione bankrott gemacht und sich daraufhin das Leben genommen. Armer guter Mann, was hatte er durchgemacht! Christine war noch lange in Kontakt mit der lieben Frau.

Sie machte weiterhin Opern- und Operetten-Gastspiele in der Schweiz. Vilmos versuchte alles, um als Regisseur arbeiten zu können, und hatte nach wie vor kein Glück. Darüber war Christine sehr traurig.

17. Kapitel

Festival Royal du Maroc

Durch das Management Zehetmeier wurde Christine nach Salzburg ans Mozarteum eingeladen und machte dort einen Vertrag für die Mozartfestspiele in Marokko mit dem Dirigenten J. Schröcksnadel und dem Mozarteum Orchester für nächsten Frühling. Sie wurde als Solistin ausgewählt wegen ihrem bekannten, schönen Mozartstil. Darüber freute sich Christine enorm. Ihr Programm bestand aus Mozart-Arien in italienischer Sprache. Die Proben fanden in Salzburg statt. Die Ausstattung für sie und das Orchester in weißen Mozartkostümen. Sie flogen nachts und kamen in Casablanca um 5 Uhr morgens an. Vilmos bat noch das Orchester, auf Christine aufzupassen und sie nie allein zu lassen, nichts ahnend, dass sich in ihren Reihen ein Unhold befand, der bereits im Flugzeug zudringlich wurde. Gottlob war es bei so vielen »Bewachern« ein Leichtes, ihn zur Ordnung zu rufen. Am Flughafen wurden sie von der dortigen Organisation mit Blumen abgeholt und in ein märchenhaftes Hotel gebracht. Es war geradezu eine Offenbarung! Christine, die »einen Schlaf im Gesicht« hatte, wie der Wiener sagt, wurde hellwach, so etwas hatte sie noch nie gesehen. Bei offenem Hof unter riesigen Palmen, alles in einem grünen üppigen Garten und das orientalische wundervolle Haus, unfassbar!

Am nächsten Tag um 11 Uhr war ein Presseempfang angesagt und es wurde sage und schreibe 17 Uhr, bis sie endlich erschienen. Man sagte, das wäre keine Ausnahme, die Marokkaner kämen immer zu spät, hätten kein Zeitgefühl.

Am Abend um 21 Uhr war die Grande Premiere im Grand de la Mahakma unter freiem Himmel in einer Orangerie, vor einem wundervollen Palast und Wasser zwischen Bühne und Publikum. Eine Naturkulisse, wie für die Oper »Entführung aus dem Serail«. Ein sehr elegantes, hauptsächlich französisch sprechendes Publikum in einer romantischen Atmosphäre. Christine fühlte sich wie in einem Märchen aus »Tausendundeiner Nacht«. Ein dankbares, verständiges Publikum, das enorm applaudierte und Blumen »regnen« ließ. Christine war wie verzaubert.

Anschließend gab es eine Einladung im Innenhof des Palastes unter tiefblauem Sternenhimmel zum Nachtessen. Sie wurden von kostümierten Schwarzen bedient und saßen auf tiefen Hockern. Es gab marokkanisches Essen, Hähnchen in Zitrone, Hirse und Fladenbrot. Das Feinste aber war der Minzentee, in einer Silberkanne serviert, bis oben sichtbar voll mit den grünen Blättern, so unsagbar intensiv und unbekannt fremd, aber herrlich schmeckend …

In dieser Nacht konnte Christine vor Freude nicht einschlafen. Sie betete und dankte ihrem Schöpfer, dass sie so etwas Wundervolles erleben durfte.

In Casablanca blieben sie ein paar Tage und Christine konnte die reiche und die arme, letztere aus Blech gebaute Stadt sehen und kennen lernen. Diese furchtbare Kluft zwischen Arm und Reich hat sie erschüttert. Es kündigte sich schon an, wenn man nur aus dem Hotel herauskam und die Bettler sich auf einen stürzten. Auf Christines Wunsch besuchten sie auch ein Waisenhaus mit bildschönen armen Kindern, denen sie Geschenke brachten. Sie war so verzückt von diesen Kleinen, dass sie ernsthaft eines mitnehmen wollte, was natürlich unmöglich war. Außerdem waren sie in der Botschaft eingeladen und wurden dort reich mit marokkanischen Handarbeiten aus Silber und Messing beschenkt.

Nachdem endlich geklärt war, dass Christine auf keinen Fall mit dem Wagen des Gouverneurs nach Tanger reisen würde, fuhr man wie vereinbart mit dem Orchester im Bus. Die weiteren Mitreisenden waren das Ehepaar Zehetmeier und einige Hilfskräfte. Die Reise ging zum Teil über furchtbare Straßen. Zur Hauptsache sah man Männer ganz in Weiß gekleidet unter Bäumen sitzend oder auf Eseln reitend und die Frauen daneben zu Fuß laufend. Zehetmeiers, mit denen sich Christine anfreundete und die oft in Marokko lebten, wussten über das herrliche Land viel zu erzählen. So erfuhr sie auch, dass Marokko fast so groß wie Frankreich sei. In Tanger hatten sie am nächsten Tag einen Empfang beim Gouverneur, ein sehr gebildeter Messieur, der auch englisch sprach und sich ganz Christine widmete. Er erzählte ihr, dass Tanger eine Stadt zweier Welten sei, durch den Atlantik und das Mittelmeer. Die Berber wären eine warmherzige, mutige Rasse, die durch ihren Adel faszinierten. Sie sagen, die Kunst lasse sich vom Geistesleben nicht trennen und das beste aller Werkzeuge wäre der Geist. Was sie da erfuhr, interessierte Christine sehr, und sie war erfreut über das schöne, wertvolle Gespräch. Nur leider zeigte er bald noch anderes Interesse, was Christine weniger gefiel.

Auch in Tanger waren sie in einem Märchenhotel mit Blick auf das Meer. Die Vorstellung wieder unter freiem Himmel, bei voll besetzter Orangerie und einem begeisterten, gediegenen Publikum, das aber nicht wie in Amerika nach der Vorstellung auf die Bühne stürzte, sondern sehr diszipliniert auf ein Autogramm wartete.

Der Mond, der schon immer der Freund von Christine war, schien auf ihr Bett, als sie nach obligatorischer Einladung erschöpft dort eintraf. Während sie betete und in seinem Schein badete, ließ sie alles Revue passieren und bedauerte, dass ihr Mann das nicht mit ihr erleben konnte.

Ihr nächstes Konzert fand in Fes statt. Ein Schmuckstück von einer Stadt, mit lauter Kostbarkeiten. Die Bewohner werden Fassi genannt und sollen ein geistiges Volk sein. Christine fühlte all diese Einmaligkeit in diesem Land bis tief in ihre Seele. Erfüllt davon glaubte sie nie so gut gesungen zu haben, und sie wähnte in den Konzerten, vom Publikum getragen zu werden.

In jeder Stadt blieben sie drei bis fünf Tage, sodass sie vieles erleben und sehen konnten. In Meknès bewunderten sie die Architektur Bab Agnaou, ein herrlich verziertes, originelles Monumentaltor. Die Stuckaturen von den marokkanischen Künstlern, besser Meistern waren faszinierend.

Bei 50 Grad Hitze kamen sie in die Königsstadt Marrakesch und sahen das schneebedeckte Atlasgebirge; der hohe Atlas Djebel Toubkal sei 4165

Meter hoch. Und wieder waren sie in einem herrlichen Hotel, welches sich in einem alten Stadtpalast befand. Da gerade Marktzeit war, fuhren sie am nächsten Morgen mit einer Kalesche namens Araba dahin. Der Platz ist ein wichtiger Treffpunkt und Schaumarkt von Wahrsagern, Barbieren, Schlangenbeschwörern, Händlern, dem Gericht etc. Der Kadi, ein marokkanischer Richter, war gerade am Werk. Alles in allem ein riesiger Trubel, sie kamen aus dem Staunen nicht heraus und verstanden kein Wort. Christine dachte, in diesem Land ist alles anders, die Menschen, die Natur, die Kunst, man kommt sich vor wie auf einen anderem Stern.

Am nächsten Tag war wie üblich das Konzert, aber es gab so einen Ansturm vom Publikum, dass sie die Menschen nicht unterbringen konnten. Nach zwei Stunden hatten sie das Publikum geteilt und ein zweites Konzert angesetzt. Die Begeisterung dieses Abends kannte keine Grenzen, und Christine musste einen Teil der großen Arie »Voi avete« wiederholen. Am Ende gab es ein Meer von Blumen.

Ihr letztes Konzert bei Kerzenlicht in Rabat war vor dem König. Man sagte ihr, Rabat kommt von Ribat und heiße »befestigtes Kloster«. Das Minarett, welches man Hassan, Turm, nennt, ist ähnlich gebaut wie die Moschee in Cordoba. Dieses großartige Werk hätte spanischen Einfluss und sei unvollständig. Eines der schönsten Baudenkmäler Marokkos. Christine begann mit den Vorbereitungen einer Vorstellung stets einenhalb Stunden früher. Allein eine halbe Stunde musste sie sich einsingen, dann schminken, frisieren, anziehen, und beten. Wie immer – um 21 Uhr war alles bereit für das Konzert. Die Künstler und das Publikum, aber der König kam nicht, auch um Mitternacht nicht. Aber alles wartete geduldig. Die Kerzen mussten erneuert werden, Christine schlief schon fast ein und fürchtete, nicht mehr genug eingesungen zu sein. Dann um 4 Uhr früh kam endlich der König und das Konzert fand statt. Keiner der Künstler hatte noch daran geglaubt, auch das Publikum nicht. Es war sozusagen ein begeisterndes »Morgenkonzert« mit anschließendem Empfang beim König für alle Künstler. Ein absoluter Höhepunkt und würdiger Abschluss des Festivals.

Wie auch in Amerika war die Abmachung zwischen Christine und ihrem Mann, sich täglich zu schreiben, um am Leben des anderen teilzuhaben, so meinte sie. Das funktionierte auch in Marokko, obwohl Christine oft mehrere Briefe zusammen bekam wegen der Reisen. Ihre Gagen schickte sie wieder stets nach Hause.

Als Christine glücklich heimkam, sang sie noch bis Ende der Saison ihre fälligen Gastspiele in Bern.

18. Kapitel

Wien, Raimundtheater

Vilmos war nach wie vor sehr unglücklich, weil er trotz aller Bemühungen kein Engagement als Regisseur finden konnte.

Als Christine eine Anfrage vom Direktor des Raimundtheaters in Wien bekam, ob sie die Operette »Die Kaiserin« von Leo Fall bei ihm singen würde, sah sie die Chance gekommen, ihrem Mann zu helfen. Sie wagte die Bedingung zu stellen, dass ihr Mann die Regie, Kostüme und Dekorationen machen könne. Das klappte! Der Direktor Marek meinte: »Da ich Sie unbedingt für diese Rolle möchte, lasse ich mich darauf ein.« Und engagierte beide! Es lässt sich nicht beschreiben, wie glücklich Christine war. Nach den Sommerferien in Spanien nahmen sie in Wien am Luegerplatz eine Zweitwohnung bei einer ganz lieben alleinstehenden jüdischen Frau, namens Greterl Weiss, die auch ihre Freundin wurde.

Vilmos war Feuer und Flamme für seine Aufgabe. Zuallererst gingen sie an alle Schauplätze der »Maria Theresia« Hofburg, Schönbrunn und Museum, wovon er sich für seine Arbeit Notizen machte. Dann bearbeitete er mit dem Dirigenten von der Volksoper Paulik musikalisch das Werk und Christine verbesserte die Texte. Auch die Kostüme entwarf er und übergab sie der Firma Bei zum Anfertigen. Ebenso entwarf er die Dekorationen, die im Haus angefertigt wurden. Christine war an allem sehr interessiert und durfte teilnehmen, wobei sie dazulernte und sah, was hinter den Kulissen geschah, bis eine Vorstellung stattfinden konnte. Er war auch anwesend bei musikalischen Kostüm- und Perückenproben. Die Regie arbeitete er am Schreibtisch aus. Christine war fasziniert von der enormen Arbeit und vor allem von der Exaktheit. Da wurde alles fix und fertig vorbereitet und nach der musikalischen Probezeit, wenn die Bühnenproben stattfanden, stand niemand, wie so oft, auf der Bühne herum, bis dem Regisseur etwas einfiel. Auch musste niemand stundenlang warten, alles war zeitlich eingeteilt. Und wie er den Chor führte, keiner stand untätig da, alle waren integriert und spielten mit. Christine passte auf, wie und was er machte. Sie wollte das auch lernen, dachte sie. Er sagte nur schlicht, so habe er das auf der Budapester Hochschule gelernt, von der Pike auf, mit dem, was alles dazu gehört, und anschließend an der dortigen Oper als Assistent. Jedenfalls nach sechs Wochen herrlicher, aber anstrengender Arbeit hatten sie eine wundervolle Premiere und einen riesigen Erfolg, beide sowie das gesamte Ensemble. Christine war außer sich vor Freude. Die Rolle war aber auch einmalig für sie. Zuerst die junge Maria Theresia bis zur regierenden Kaiserin mit Kindern, in jeder Hinsicht eine Traumrolle und noch in der tollen Regie ihres Mannes. Sie konnte Gott nicht genug danken für so viel Glück. Natürlich hatten sie auch Neider! Als sie nach der Premiere nichts ahnend zu ihrem Wagen kamen, war das Dach vom Mercedes eingeschlagen und alle Pneus aufgeschlitzt. Das war schon eine kalte Dusche, aber es tat ihrem Glück keinen Abbruch, denn Vilmos bekam ein Engagement an der Volksoper, und das war enorm nach all den Jahren der Schwierigkeiten und das Wichtigste, der Beginn seiner Karriere. Das Publikum strömte täglich in die Vorstellung, und Christine sang sich während Monaten in die Herzen der Wiener. Ihr vermeintlicher Großvater mit Familie, samt Onkel Oscar Werner, welche sie dabei zum letzten Mal sah, kamen sie ansehen und natürlich ihre teuren Freunde Messany sowie Kollegen von der Hochschule und vom Theater.

PRESSESTIMMEN

Echter Hauch der Wiener Operette »Die Kaiserin« von Leo Fall im Raimundtheater
Von gehaltvollem Niveau ist auch die Aufführung. Eine kleine, aber auf dem Gebiet der Operette heute seltene Sensation ist das Auftreten einer Operettendiva mit wirklicher, großer, eindrucksvoller Stimme und gebildeter, seriöser Gesangskunst. Dieser Stern, der nun im Raimundtheater leuchtet,

heißt Christine Widmann. Sie ist eine Wienerin, die bisher selten hier zu hören war. Als Sängerin, Tänzerin, Schauspielerin gab sie der Aufführung vollendetes Stilgepräge. Werk und Darstellung feierten einen wahren Auferstehungstriumph. Danach wäre die Operette keineswegs »tot«. Christine Widmann wirkte freilich als stärkste Vermittlerin neuen Lebens; sie wurde auch besonders gefeiert. R. H. (Wiener Zeitung)

Schönbrunner Hofstaat als duftiger Bühnenzauber
Dabei sieht Christine Widmann als Braut und junge Königin von Ungarn vor allem im Hofstaat sehr gut aus. Sie singt auch makellos ihr Schönbrunn-Lied mit der strahlenden Kadenz und sie hat den Charme eines echten Bühnennaturells. (Österreichische neue Tageszeitung)

»Die Kaiserin« ... Christine Widmann, die als neuer Operettenstar vorgestellt wurde, hat als jugendliche Kaiserin Maria Theresia (so eine Art vorweggenommene Sissy) durchaus überzeugt, war stimmlich und auch darstellerisch sehr erfreulich. Zudem hatte man ihr prächtige Kostüme auf den Leib geschneidert. (Ella Bei) Funk und Film.

Vom Stadttheater Bern bekam sie eine Kopie des Briefes, den das Theater vom Reg.-Rat Prof. Direktor Lustig-Prean angefordert hatte. Bei Christine meldete er sich auch noch persönlich und engagierte sie für eine Operette in seinem Theater Baden bei Wien. Er war auch Direktor der Musikschule der Stadt Wien. Von ihm erfuhr sie dann, dass Hugo, einer der drei Brüder ihrer Verwandtschaft, dort unterrichtete. Ausgerechnet dort wollte sie zuerst studieren gehen. Wenn das nicht von Gott gewollt und bestimmt war in dieser Millionenstadt mit unendlichen Möglichkeiten, dachte sie, denn an Zufälle glaubte sie nicht. Die Volksoper Wien engagierte sie danach für »Die lustige Witwe«. Wieder in der Titelrolle mit Fred Liewehr, dem berühmten Burgschauspieler und Sänger.

Frau
Marguerite Schiffmann
Bern (Schweiz)

Auf Ihre Anfrage betr. die Qualitäten der Operettenaufführung „Die Kaiserin" im Raimund-theater im Frühjahr — beehre ich mich mitzuteilen, daß ich, ganz objektiv gesprochen, diese Aufführung mit Hrn. Dési als Regisseur und Frau Widmann als Kaiserin sehr hoch über allen Aufführungen der genannten Privatbühnen stand, daß man die Begabung des Hrn. Dési deutlichst merkte (sauber, einfallsreich, beste Operettenstil u. s. w.) und daß Frau Widmann zweifellos z. als Operettendiva in Wien kaum eine gleichwertige Rivalin hat. Es waren schöne Operettenabende.

Karl Lustig-Prean
Konsulent der Bundestheater-verwaltung in Fragen des

SÍGAUNABARÓNINN

Hlutverkaskrá:

PETER HOMONAY greifi	ÆVAR R. KVARAN
CARNERO	ÞORSTEINN HANNESSON
SANDOR BARINKAY	GUÐMUNDUR GUÐJÓNSSON
KALMAN ZSUPAN	GUÐMUNDUR JÓNSSON
ARSENA, dóttir hans	ÞURÍÐUR PÁLSDÓTTIR
MIRABELLA, ráðskona Zsupans	GUÐRÚN ÞORSTEINSDÓTTIR
OTTOKAR, sonur hennar	ERLINGUR VIGFÚSSON
CZIPRA, sígaunakona	SIGURVEIG HJALTESTED
SAFFI	**CHRISTINE von WIDMANN**
PALI	JÓN SIGURBJÖRNSSON
JOZSI	BJÖRN MAGNÚSSON
FERKO *Sígaunar*	BORGAR GARÐARSSON
MIHALY	SIGURÐUR SKÚLASON

Kór:

Árni Sighvatsson, Einar Þorsteinsson, Hjálmtýr Hjálmtýsson, Hákon Odd-
geirsson, Björn Þorgeirsson, Gísli Símonarson, Ívar Helgason, Sighvatur
Jónasson, Skúli Þorbergsson, Þorsteinn Sveinsson, Guðmundur Baldvins-
son, Steinn Gunnarsson, Þorlákur Halldórsen, Þorvaldur Thoroddsen.
Benedikt Benediktsson, Egill Sveinsson, Hjálmar Kjartansson, Jón Kjartansson, Ingibjörg Þorbergs, Hallfríður Guðmundsdóttir, Lára Einarsdóttir,
Ingveldur Hjaltested, Inga Markúsdóttir, Sigríður Magnúsdóttir, Sólveig
Sveinsdóttir, Svala Nielsen, Valgerður Bára Guðmundsdóttir, Guðrún Guðmundsdóttir, Guðrún Stefánsdóttir, Hulda Bogadóttir, Magnea Hannes-
dóttir, Ragnheiður Guðmundsdóttir, Sigríður Th. Guðmundsdóttir, Svava
Þorbjarnardóttir, Elín Sigurvinsdóttir, Hulda Emilsdóttir.

[20]

69

Als alle Vorstellungen in Wien abgesungen waren und sie einen Vertrag nach Island an das Opernhaus in Reykjavik hatte und Vilmos ein Engagement als Oberspielleiter in Luzern, kündigte er an der Volksoper. Sein Engagement begann erst in der folgenden Saison und so konnte er mit Christine nach Island reisen. Sie brachen ihre »Zelte« in Wien ab und flogen nach Reykjavik. Nicht bevor er ihr noch die Kostüme für die Saffi in »Zigeunerbaron« von Strauß entwarf, welche dann Lisi, ihre liebe Freundin, anfertigte; um keine Überraschung zu erleben, wie er sagte.

19. Kapitel

Reykjavik

Christine hatte einen Vertrag mit fünf Vorstellungen in der Woche, die nach dem eingeschlagenen Erfolg sofort auf täglich erhöht wurden. Der Dirigent Wodizko war wunderbar, die Sänger auch, welche isländisch sangen und Christine deutsch, was aber nicht störte. Aber der Regisseur hatte keine Ahnung. Und tatsächlich wollte er indische Kostüme, obwohl die Operette in Ungarn spielt. Christine musste kämpfen, um ihre ungarischen Kostüme anziehen zu dürfen. Regielich bekam sie auch nichts, aber sie war ja gut einstudiert in allem, gottlob hatte sie ihren eigenen Regisseur! Bei der ersten Vorstellung, als Christine um 17 Uhr ins Haus kam, strömte das Publikum ins Theater, und sie meinte voller Schreck, verspätet zu sein. Bis sie erfuhr, dass das Publikum vor der Vorstellung dinierte. Es war ein sehr applausfreudiges, dankbares Publikum, und sie jubelten besonders Christine zu, indem sie im Chor ihren Namen riefen und sie mit Blumen überschütteten. Nach der Vorstellung gab es eine Riesenparty, aber nicht nur, wie üblich, nach der Premiere, sondern täglich. Mit gefüllten Tischen von Köstlichkeiten und Getränken, man musste nur zugreifen. Sie feierten jeweils die ganze Nacht und waren am Ende so betrunken, dass sie niemanden mehr kannten. Das war Christine zu viel, sie entzog sich diesem Spektakel. Vilmos, der das Nachtleben liebte und auch frei war, machte mit und lernte sogar Isländisch. Wegen der langen Wintermonate spielt halt das Nachtleben in Island eine enorme Rolle. Christine hatte bei den Vorstellungen illustre Gäste, wie König Olav von Norwegen und Golda Meir. Von dem interessanten Land sah sie nicht viel, konnte ja wegen der vielen Vorstellungen keine Ausflüge machen. So sah sie nur, als sie mit dem Flugzeug ankam, die putzigen, kleinen, weißen Häuser mit meist roten Dächern. Einmal fuhr sie mit dem Auto ganz nahe zu einem

Geysir, das war schon sehr eindrucksvoll. Ein andermal brachte man sie zu wundervollen Ponys, mit denen sie spielen konnte. Und auch das faszinierende nordische Licht konnte sie bewundern. Darüber hinaus machte sie noch zwei Schallplatten. Eine mit Mozart und eine mit Operetten-Arien. In Reykjavik blieben sie vier Monate, bis die Vorstellungen abgesungen waren, danach blieben sie zehn Tage in London und besuchten acht Musicalvorstellungen, jeweils abends, mittwochs und samstags zweimal auch am Nachmittag, sie aßen dann nur einen Hamburger und rasten mit dem Taxi wegen der riesigen Entfernungen in das nächste Theater. So sahen sie wundervolle Aufführungen, was besonders für Vilmos als Regisseur wichtig war. Bei dieser Gelegenheit lernte Christine London erst richtig kennen und war begeistert von dieser Stadt, die ihr wie ein Dschungel vorkam. Vilmos trat nun sein Engagement als Oberspielleiter in Luzern an.

20. Kapitel

Vilmos, Oberspielleiter in Luzern

In Littau bei Luzern nahmen die beiden wieder eine Zweitwohnung. Christine gastierte weiterhin am Berner Stadttheater in der Oper »Cavalleria Rusticana« von Mascagni Lola sowie in »Der Prozess« von Gottfried von Einem in der Rolle des Fräulein Bürstners, nach dem Roman von Kafka. Sie sang im Radio und Fernsehen und machte in Zürich eine Langspielplatte »Zauber der Operette« mit den Partnern Fritz Peter, Tenor sowie Pfleger, Soubrette. Außerdem sang sie Liedkonzerte wie z.B. mit dem Dirigenten Schaub und der Harfinistin Rothenbühler. Dann ließ sie bei der berühmten Kammersängerin Westenberger ihre Stimme kontrollieren, sie war die Lehrerin der sehr guten Sopranistin »Schlemm« von der Frankfurter Oper, da Singer Mutter ja leider nicht mehr lebte. In dieser Zeit wollte sie wieder in das Konzert vom Oktett der Philharmoniker aus Berlin in der Französischen Kirche in Bern gehen. Die Musiker kamen gerade aus Paris, als sich auf der Reise nach Bern ein schrecklicher Unfall ereignete, wobei ihr vermeintlicher Vater Oscar, der sich am Steuer befand, tödlich verunfallte. Alle übrigen Musiker waren schwer verletzt. Das war ein Schock für Christine. Vor allem auch, weil sie innerlich so überzeugt war, Oscar wäre ihr leiblicher Vater und sie es ausgerechnet an diesem Tag erfahren wollte.

Wenn sie frei war, ging sie zu Vilmos und half ihm bei Bearbeitungen der Werke, die er inszenierte. Dabei lernte sie gleichzeitig von ihm, wie man Regie führt, was sie enorm interessierte. Sie fand es faszinierend, wie er seine Ideen über ein Werk tagelang im Kopf entwickelte, Bücher über die Entstehung studierte und alles genau am Schreitisch ausarbeitete, sowohl für die Solisten als auch für den Chor. Sie ging auch mit zu seinen Proben, setzte sich unauffällig weit hinten in den Zuschauerraum, so, dass niemand sie sah oder von ihr wusste. Da konnte sie alles verfolgen, wie und was er machte, beziehungsweise wurde sie im wahrsten Sinne des Wortes seine Schülerin und Assistentin, aber auch seine Kritikerin. Meistens entwarf er auch das Dekor und die Kostüme. Für ihn waren alle drei Kunstgattungen sehr wichtig, um ein Werk in Einheit entstehen zu lassen. Großes Geschick zeigte er auch bei der Stilisierung der Werke, um sie von der Schwere der vergangenen Zeiten zu entstauben.

Christine war anders als alle andern, daraus resultierte ihre Einsamkeit als junges Mädchen. Sie hatte zweierlei Leben, das künstlerische, ihr wichtigstes, dem ihre ganze Leidenschaft gehörte. In der Musik war sie stets in einer differenten Welt, in der sie total aufging. Privat war sie eine andere, eher schüchtern und gerne inkognito. Liebte aber die Menschen, konnte sich gut in sie einfügen, blieb aber stets zurückhaltend, weshalb man sie oft für arrogant hielt, was sie aber beileibe nicht war. Viele konnten sie nie richtig erfassen. Manche Menschen, die sie nur privat kannten, konnten sich nicht vorstellen, dass sie eine erfolgreiche Opernsängerin sei. Als sie Vilmos kennen lernte, hatte sie das Gefühl, ihren Seelenverwandten getroffen zu haben.

Sie verliebte sich bedingungslos und war sicher, mit ihm in eins zu verschmelzen, musste aber bald erkennen, dass es das nicht gibt. Die Tragödie des Menschen ist, dass er ein Einzelwesen bleibt. Es kam oft vor, dass er sie trotz Abmachung, stundenlang, ja bis halbe Tage warten ließ und nicht heimkam. Sie vermutete dann, dass eine andere Frau im Spiel war. Da sie aber keine Beweise hatte und ihn nicht verletzen wollte, ließ sie sich nichts anmerken und wartete. Nach zwei bis drei Wochen war alles wieder normal und sie war froh, geschwiegen zu haben. Nach einem Jahr Luzern engagierte sie Intendant Drese, späterer Intendant der Wiener Oper, nach Heidelberg. Christine als Gast mit garantierten Vorstellungen und Vilmos als Oberspielleiter im Jahresengagement. Dass sie zusammen engagiert wurden, machte sie sehr glücklich.

21. Kapitel

Heidelberg

In Milano sahen sie das Musical »Champagnerlilly« und waren davon so hingerissen, dass sie die Rechte erwarben, es ins Deutsche übersetzen ließen und in Heidelberg zur deutschen Erstaufführung brachten. Unter der Regie und Ausstattung von Vilmos und der Titelrolle mit Christine. Mit den Partnern Wolfgang Robert, Rupp Weygel und Dirigent Zimmermann. Leidenschaftlich fieberten sie der Premiere entgegen und hatten einen sensationellen Erfolg.

PRESSESTIMMEN:

Champagnerlilly aus Italien in Heidelberg
Zur deutschen Erstaufführung in der Städtischen Bühne. Christine von Widmann gab temperamentvoll die Champagnerlilly. Sie sang und tanzte, dass es eine wahre Freude war. Allgemeine Zeitung Mannheim.

Champagnerlaune im Musical
Vor lauter Begeisterung aber schwingt das Parkett über Christine von Widmann, den prominenten Gast aus Wien. Diese Champagnerlilly kann nun wirklich prächtig tanzen, singen und Komödie sprechen. Hier ist der Spumante tatsächlich in Reichweite. Kommt sie als Femme fatale im schwarzen Dessous, als Grande Dame im hautengen Abendkleid, als Charlestone-Tänzerin im kniefreien Rock, immer gibt's viel Paprika, viel Weib! Und was noch wichtiger ist, viel Können! Heidelberger Tagblatt.

Der Verlag Bloch Erben kaufte ihnen die Rechte für viel Geld ab, was ihnen aber kein Glück bescherte. Eine spätere schlechte Inszenierung im Deutschen Fernsehen brachte das herrliche Werk für immer in die Versenkung.

Zusammen machten sie in Heidelberg noch die deutsche Erstaufführung von der ungarischen Operette »Heiratsmarkt« und von Kalmans »Csardasfürstin«. Wenn Vilmos ohne sie ein Werk inszenierte, ging sie, wenn sie frei war, weiterhin zu den Proben, um ihre Regiekenntnisse zu erweitern, was ihr später zugutekommen wird. Oder sie gastierte in Stuttgart und Freiburg mit der Operette »Die lustige Witwe«. In Hof in der Operette »Die schöne Helena«, in Gelsenkirchen in »Arabella«.

PRESSESTIMMEN:

Unverfinsterte Operette
Sehr sexy anzuschauen, sehr temperamentvoll spielend und sehr stimmfrisch singend Christine von Widmann als die Varescu; sie lässt uns blitzschnell in ihre jeweils wechselnden Stimmungen hineinsehen, und das kleine Drama in ihrer Brust wird zur besinnlichen Legende, neben dem lauten Lachen der anderen. Heidelberger Tagblatt.

»Die beinahe schöne Helena«
Intendant Hannes Keppler hatte die Hauptrolle – danke schön – umbesetzt. Christine von Widmann war ein reizender Gast; strahlend von Charme und Eleganz, mit gefälliger Opernstimme und Spieltalent – eine schöne Helena fürwahr. Keppler sollte sich an Paris ein Beispiel nehmen und sie ganz ins Städtebundesgebiet entführen; sie wäre einen kleinen trojanischen Rathauskrieg wert. Auch das Helena-Paris-Duett »Es ist ein Traum« ging wohltuend ins Ohr. (Fränkische Presse Bayreuth)

Paris als antiker Playboy
Die gewiefte Helena Christine von Widmann bestach durch ihren großen und geschmeidigen Sopran!

Städtische Bühnen mit Richard-Strauss-Oper zur Weihnachtszeit
Ihr Widerspiel die Schwester in Hosen, die in aufbrechender Liebe zu ei-
nem Freier der Arabella unheilvolle Verwirrung schafft, hatte in dem Gast
Christine von Widmann eine herzlich gescheite Darstellerin und Sängerin
gefunden, die dramatisch effektvoll und intelligent zugleich agierte.

Beide wurden Lieblinge in Heidelberg, hatten viele Fans und Freunde, aber Vilmos war nicht glücklich. Irgendetwas war geschehen, wovon Christine nichts wusste und nichts erfuhr. Sie versuchte alles, um ihn zu trösten, schließlich klebte sie Zitate aus der Literatur in der Wohnung an die Wände. Viele Jahre später wird sie erst erfahren, welch ein Geheimnis ihn umgab.

Nach zwei Jahren Heidelberg wechselte der Intendant Drese nach Wiesbaden. Dieser Wechsel kostete Vilmos das Engagement in Heidelberg. Er versuchte alles, um mit Drese gehen zu können, aber bei ihm war er schon lange in Ungnade gefallen. Warum?

Christine hingegen wurde weiter engagiert.

Das Raimundtheater engagierte die beiden mit »Champagnerlilly« nach Wien und kaufte die gesamte Ausstattung von Heidelberg. Inzwischen war Vilmos in Wuppertal engagiert und konnte für Wien keinen Urlaub bekommen. Kurz entschlossen übernahm Christine nun die Regie von »Champagnerlilly«. Ihr wichtigster Partner war Peter Fröhlich. Christine konnte sich innerlich tagelang nicht beruhigen über ihren doppelt geglückten Erfolg.

PRESSESTIMME

»*Lily, du bist zauberhaft*«
Ein Bericht von Rudolf U. Klaus, der sein Herz in Heidelberg an die »Champagnerlilly« verlor.

Als Star – und man traute seinen Augen kaum ob dieser Wiederbegegnung, brillierte Christine Widmann, hierorts vom Redoutensaal (»Valencienne«), Raimundtheater (Leo Falls »Kaiserin«), und Volksoper (als einspringende »Lustige Witwe«) in Erinnerung. Die Schweizer Sängerin war inzwischen in Reykjavik, in London, München, Zürich und Düsseldorf. Vielleicht, dass das die Diva so zum Vorteil verändert hat, jedenfalls welche Metamorphose! Sie schaut aus wie die Monroe, prickelt und perlt wie Champagner, singt u.a. eine grandiose Blues-Parodie, tanzt beineschwingend und macht Spagate, ist bei alledem eine sehr gewandte Komödiantin und bleibt im Übrigen stets eine vollendete Dame. Eine von den Heidelbergern zu Recht bejubelte, furiose Leistung! Kurier Wien

22. Kapitel

Television Berlin

Beide wurden nun ans Fernsehen nach Berlin engagiert und machten dort die 90-Minuten-Show »Lachendes Glück«. Mit einer Woche sehr anstrengenden Proben und vielen Stars wie: Sári Barabás, Sopran; Rosy Barsony, Soubrette; Jon van Kesteren, Tenor; Peter Minich, Tenor; Roberto Blanco und dem Dirigenten Henkels.

Sie probten in einer riesigen Halle, und am ersten Tag lief eine Dame auf Christine zu und rief: »Ja, sie ist es!« Kam und zog sie an sich. Es war Frau Heinike von der Berliner Konzertagentur Heinike, mit der Oscar gearbeitet hatte. Nun erfuhr Christine aus deren Munde, dass Oscar tatsächlich ihr leiblicher Vater war. Die Gefühle hatten also Christine nicht getäuscht. Warum nur war es ihm so schwer, dieses Christine selbst zu sagen? Frau Heinike erzählte auch, dass sie mit Oscar seit Jahren liiert war und ohne ihn nicht mehr leben könne. Christine nahm sehr Anteil an ihrem Schicksal und kontaktierte sie, um ihr zu helfen. Aber es nützte nichts, sie unternahm zwei Selbstmordversuche. Nachdem sie das erste Mal gerettet wurde, verstarb sie beim zweiten. Das alles ging Christine sehr nahe.

Nun probten sie »Die Bajadere« von Kalman, Auftrittslied und Duett, in »Zigeunerliebe« den Csardas und »Die lustige Witwe«, beide von Lehár. Wobei sie in »Die lustige Witwe« auch den Cancan tanzte und bei allen Proben von 8 Uhr früh den ganzen Tag voll dabei war und sich nie schonte. Obwohl die vielen Wiederholungen für die Stimme und die Knochen mörderisch waren. Wenn sie todmüde ins Hotel kam, hatte sie Gliederschmerzen, nur ein heißes Bad brachte sie wieder in Form. Aber die Anstrengungen hatten sich gelohnt, es wurde ein sehr schöner Erfolg. Dass sie als Opernsängerin so gut tanzen konnte und dazu noch in hochhackigen Schuhen, brachte ihr viel Bewunderung vom ganzen Haus ein.

Danach fuhren sie nach Hamburg zu dem Dirigenten Henkels und dem Arrangeur Russ Garcia. Vilmos verbrachte noch viel Zeit mit beiden und ließ vier Operettenlieder auf modern von ihnen bearbeiten. Diese wurden dann mit Henkels und Christine zu einer Platte gemacht. In München, Theater Schwabinger Schau, machten sie zusammen das Musical »Bibi Balu« mit den bekannten Künstlern Maxl Graf, Gisela Schlüter, Helmut Brasch, Gerhard Hofer etc. und dem Dirigenten Heinz Brüning. Sie hatten zwar damit Erfolg, aber finanziell war es ein Reinfall. All die Musicals und leichte Muse machte Christine gerne, vor allem weil sie dann mit Vilmos zusammenarbeiten konnte, beziehungsweise viel im Schauspielerischen dazulernte. Aber ihre Leidenschaft gehörte schon der Oper …

23. Kapitel

Schweizer Städteoper Zürich

Der Direktor und Dirigent Armin Brunner engagierte Christine an die Schweizer Städteoper für zwei Opern »Die heimlich Ehe« von Cimarosa, Rolle der Lisette, und »Gärtnerin aus Liebe«, Rolle der Arminda mit den Partnern Heinz Borst, Bass, Elfriede Pfleger, Soubrette, Helen Bolton, Altistin, Regie Roy Bosier und dem Wiener Kammerorchester. Sie machten eine Tour in der Schweiz, hatten damit sehr Erfolg und waren Monate unterwegs.

Vilmos inszenierte inzwischen in St. Gallen und Solothurn Schauspiel, Oper und ein Musical. Da er für das Musical lauter Schauspieler hatte, bat er Christine zwei Schauspieler in Gesang zu unterrichten. Sie hatte dafür nur sechs Wochen Zeit, aber brachte es tatsächlich in so kurzer Zeit fertig, die beiden zu singenden Schauspielern zu machen. Dabei entdeckte sie eine unbekannte Fähigkeit ihrerseits. Obwohl sie meinte, sie würde nie unterrichten, war gerade dieser Anstoß der Beginn einer neuen zukünftigen Laufbahn.

Anschließend machten beide in Bern die Schweizer Erstaufführung »I Do I Do«. Das musikalische Himmelbett-Musical von Tom Jones und Harvey Schmidt. Inszenierung und Kostüme Vilmos Desy. Musikalische Leitung Lajos Martiny. Partner Paul Höfer. Ein köstliches 2-Personen-Musical nach der Komödie »The Four Poster«, mit dem sie viel Erfolg hatten und es lange spielen konnten.

Als die Engagements für Vilmos rarer wurden, machte er ein Modehaus in der Innenstadt Bern auf. »Rond Point« wie er es nannte. Christine half ihm, wie sie konnte, natürlich wie immer auch finanziell, war aber nicht bereit, ihre Karriere total aufzugeben. Trotz härtester Kämpfe mit der ganzen Familie. Stattdessen gründete sie das Opern- und Musical-Studio in Bern.

Sie wollte sich für die Zukunft eine Oase des Friedens schaffen, hatte genug von den ständigen Intrigen in der Welt. Wollte aber vor allem ihr Wissen und Können an die Jugend weitergeben. So gab sie einzelne Gastspiele in der Schweiz. Trotz großem Druck der Schwiegermutter, die sie andauernd quälte, gab sie nicht nach, was später für sie erfolgreich sein sollte. In dieser Zeit wurden Christine und Vilmos eingebürgert als Schweizer Staatsbürger.

Es dauerte nicht lange und Vilmos machte Konkurs mit der Mode. Nun stieg er bei Christine ein zum Unterrichten, was ihn aber nicht befriedigte. Darum machte er die Hotelfachschule in Luzern und ging anschließend nach New York, wollte dort etwas in seinem Beruf erreichen, kam aber unverrichteter Dinge zurück. Dann schickte ihn Christine nach Wien, sie meinte, das ist ein Theaterzentrum und wenn er dort Fuß fassen könnte, wäre doch die Möglichkeit gegeben, dass sie eines Tages nachkäme. Tatsächlich konnte er nach ein paar Monaten das »Theater beim Auersperg« übernehmen. Nachdem er Christine jede Nacht anrief und unsicher fragte, ob er soll oder nicht. Er war charakterlich sehr weich und brauchte in allen Fragen immer ihr Einverständnis, welches sie ihm auch gab. Damals wohnte er bei einem Freund aus Ungarn, wie er sagte. Nach der Unterzeichnung des Vertrages solle er sofort eine Wohnung suchen, sagte Christine und schickte ihm die komplette Einrichtung per Bahn von Bern.

Zu einem mehrjährigen Hochzeitstag der beiden brachte Vilmos seinen Freund als Gast für ein paar Tage mit nach Bern.

Christine hatte stets auf der Bühne mit zudringlichen Männern ihre Not, um ihnen zu entwischen, und war froh, wenn sie einen homosexuellen Partner hatte. Die waren höflich und ließen sie in Ruhe. Als sie beobachtete, dass ihr Mann ein Verhältnis mit dem Freund aus Wien hatte, war sie wie erschlagen. Das also war das Geheimnis ihres Mannes, hinter das sie jahrelang nicht kam. Er war bisexuell! Als sie ganz sicher war, stellte sie Vilmos zur Rede, und er gab weinend alles zu.

Für Christine brach eine Welt zusammen. Der Schmerz, der sie traf, lässt sich nicht beschreiben. War er doch ihre einzige große Liebe! Er sagte nur:

»Geh du nach Deutschland zum Theater zurück, dich haben sie überall gewollt, aber ich habe es verhindert, indem ich sagte: ›Nur wenn sie uns beide engagieren!‹« Also auch das noch, sie hatte doch wirklich alles für ihn getan, menschlich und finanziell!! Wie konnte er es fertigbringen, ihr noch beruflich zu schaden. Christine ließ Revue passieren all die Schwierigkeiten in den Jahren und wer alles beteiligt war, trotz allem konnte sie sich drei Jahre von ihm nicht lösen, obwohl sie wusste, dass es sein musste. Er hingegen wollte partout nicht scheiden, versprach ihr, sich zu ändern. So fuhr sie, sozusagen als »Detektiv in eigener Sache«, jeden Monat nach Wien. Sie nahm sogar noch ein Engagement in seinem Theater an. Wobei sie nun mit geöffneten Augen sehen konnte, in welchen Kreisen er verkehrte, entsetzt war und Höllenqualen litt. Anderseits musste sie diese Demütigung noch ertragen, um scheiden zu können. Sie sang im »Theater beim Auersperg« in Wien zwei Opérettes bouffes von Offenbach »Die Insel Tulipatan« und »Ritter Eisenfraß«. Dirigent Josef Stolz. Regie und Kostüme Vilmos Desy. Tenor Föttinger, Mezzosopran Bourbeau, Oeffinger Arnold und Hulka. Beide Werke wurden von Vilmos als Persiflage herrlich inszeniert, mit so viel Humor, was Vilmos Stärke war. Das Publikum schrie vor Lachen und die Presse überschlug sich.

Im Wiener Tagblatt hieß es:

Nonsens und Neurosen
Im Theater beim Auersperg gerät die Welt aus den Angeln, Folies d'Offenbach, die verrücktesten Verrücktheiten toben über die Bühne. Auf der Insel »Tulipan« und beim »Ritter Eisenfraß« geht es tolldreist zu, dass die Buhnenbretter ächzen. Eine Schar frivoler, witziger Sängertypen beherrschen den verrückten Neurosenzirkus. In der schwungvollen Inszenierung von Vilmos Desy tummelt sich am überzeugendsten die Operndiva Christine von Widmann.

Sie musste vier Monate in Wien bleiben, um die Vorstellungen, die sehr gut und mit großem Erfolg liefen, abzusingen. In dieser Zeit machte sie mit ihren Schülern in Bern einen Fernunterricht. Den hatte sie erfunden und es klappte ausgezeichnet. Jedenfalls blieben ihr die Schüler ausnahmslos treu. Dann ging sie endgültig mit blutendem Herzen von Vilmos. Sie las viele entsprechende Bücher, um seine Abnormität verstehen zu können, musste aber erkennen lernen, dass er sich nicht ändern kann. Anderseits konnte sie unmöglich damit leben. Nun ließ sie die Scheidung, die sie auf seinem Wunsch gestoppt hatte, wieder aufleben, und so wurde sie darauf in Kürze getrennt. Vilmos kam aus Protest nicht, aber sie wurde trotzdem problemlos in zehn Minuten, unter einem dichten Tränenschleier, sodass sie die Menschen nicht wahrnehmen konnte, geschieden.

Seine Eltern hatten über seine Veranlagung Bescheid gewusst, aber hatten es Christine verheimlicht. Das erste Telefongespräch mit seiner Mutter zur Verlobung, welches Christine so unangenehm empfand, war, weil sie froh war, dass ihr Sohn eine Frau gefunden hatte. Später als sie schon geschieden war und die Schwiegermutter nicht mehr lebte, suchte sie ihr Schwiegervater auf und gestand ihr alles. Vilmos wurde schon ganz jung an der Budapester Oper verführt.

Am Höhepunkt ihrer Karriere, ihres Könnens und ihrer Beliebtheit war sie bestimmt eine der ersten Sängerinnen ihrer Zeit. Da sie sich aber nicht »fangen« ließ, keine Interviews gab, privat möglichst im Verborgenem lebte, überall durch die »Netze schlüpfte« und quasi gegen den Strom schwamm, wurde sie als solche nicht publik. Kümmerte sich um keinerlei Reklame, war ohne Hilfe und Unterstützung, ausgeliefert den Intrigen des Neides. Mehr noch, verraten und um einige Engagements verhindert, durch den eigenen Mann. So ging sie ihren Weg ganz allein gerade und unbeirrt, in Demut, wissend um ihren einzigen wirklichen »Partner« in ihrer Seele, der ihr immer half und sie stets begleitete. Es war nicht ihr Ziel, eine der ersten Sängerinnen der Welt zu sein. Wo sie hinkam, machte sie die Menschen mit ihrer Kunst glücklich, darauf kam es ihr an. Das und nur das war die Erfüllung alles dessen, was sie sich wünschte, und da ihr das gelang, dankte sie stets dem Allmächtigen, ihrem »Partner«!

Ausschnitte

London

Under the patronage of HIS EXCELLENCY
JULIUS RAAB, CHANCELLOR OF AUSTRIA
Columbia Artists Management Inc.
presents

VIENNA ON PARADE

Featuring the World-Famous
DEUTSCHMEISTER BAND
Directed by that dapper Chevalier of the baton
CAPT. JULIUS HERRMANN
and Soloists
CHRISTINE v. WIDMANN and ERWIN v. GROSS

plus

LEADING DANCERS of the
VIENNA STATE OPERA BALLET

CHORUS and SOLOISTS
STRING ENSEMBLE
COMPANY OF 60

FELIX G. GERSTMAN presents
Only New York Performance
CARNEGIE HALL

Sunday   **at 8:30 P.M.**
Tickets: $4.80, $4.20, $3.75, $3.00, $2.50
at Office Felix G. Gerstman, 140 West 42nd Street, (LO 4–6990)
and at Box Office Carnegie Hall

Charivari

Für Musik und dramatische Literatur

Ansichtsmateriale
stehen zur Verfügung

Vertretung in Deutschland der Verlage:
THEATER-VERLAG EIRICH, Wien;
GEORGE MARTON PLAYS, New York,
Paris, Wien; MUSIKVERLAG und
BÜHNENVERTRIEB ZÜRICH A.G.

FELIX BLOCH ERBEN
VERLAG FÜR BÜHNE, FILM UND FUNK

1 BERLIN 12
HARDENBERGSTRASSE 6
8 MÜNCHEN 2
THEATINERSTRASSE 32

113. JAHRGANG   ANZEIGENBLATT

Ein neues Musical!

„Champagnerlily"

In der deutschen Erstaufführung der „Champagnerlily" in Heidelberg spielten Wolfgang Robert den Philipp Kennedy, Christine von Widmann die Titelrolle und Alfred Rupp-Weygel den Sir Archibald.

Foto: Busch

LE IIème FESTIVAL ROYAL DU MAROC

Le « MOZARTEUM ORCHESTER de SALZBOURG » au grand complet. C'est l'orchestre considéré dans le monde entier comme le plus remarquable pour l'interprétation des œuvres de MOZART.

Une des plus brillantes cantatrices de l'Opéra d'Etat de Vienne : Christine von WIDMANN, la grande pianiste : Lili KRAUS, les solistes internationaux réputés : André LARDROT, hautbois-solo de la Tonhalle de Zurich ; Conny KLEMM, flûte-solo de la Sancta Caecilia de Rome ; Oskar HAGEN, alto-solo du Mozartéum Orchester ; J. SCHROECKNADEL, violon-solo du Mozartéum Orchester donnent à ce festival un éclat incomparable.

MERCREDI 18 MAI

RABAT
Grand Amphithéâtre de la Faculté des Sciences

18 h. 30 - **CONCERT POUR LA JEUNESSE.**

21 heures - **OUVERTURE SOLENNELLE DU FESTIVAL.**
(interprètes en costumes d'époque).

W.A. MOZART - 29ème symphonie en la majeur KV 201.

- Voi Avete KV 217.
Nehmet meinen Dank KV 383
(airs de W. A. MOZART chantés par Christine von WIDMANN)

Joseph HAYDN - Divertimento.

W.A. MOZART - Divertimento en si bémol KV 137.
- Petite musique de nuit KV 525.

JEUDI 19 MAI

CASABLANCA
Grand patio de la Mahakma

21 heures - **GRANDE PREMIERE**

(interprètes en costumes d'époque)

Joseph HAYDN - Divertimento

W. A. MOZART - 2ème Concert pour flûte en ré majeur KV 314

(soliste C. KLEMM).

W.A. MOZART - Cassation n° 2 en si bémol KV 99.

W. A. MOZART - Voi Avete KV 217
Nehmet meinen Dank KV 383
chantés par Christine von WIDMANN).

W.A. MOZART - 29ème Symphonie en la majeur KV 201.

Abbildungen

Christine 9 Monate

Christine 5jährig (rechts)

Singer Mutter

Vati

Försterchristl, Luzern

Försterchristl, Luzern

Csardasfürstin Duvoisin, Edwin Stasy, Basel

Walzerkönigin „Netti", Bern

Walzerkönigin „Netti", Bern

Walzerkönigin „Geistinger", Bern

Bajazzo, „Nedda", Bern

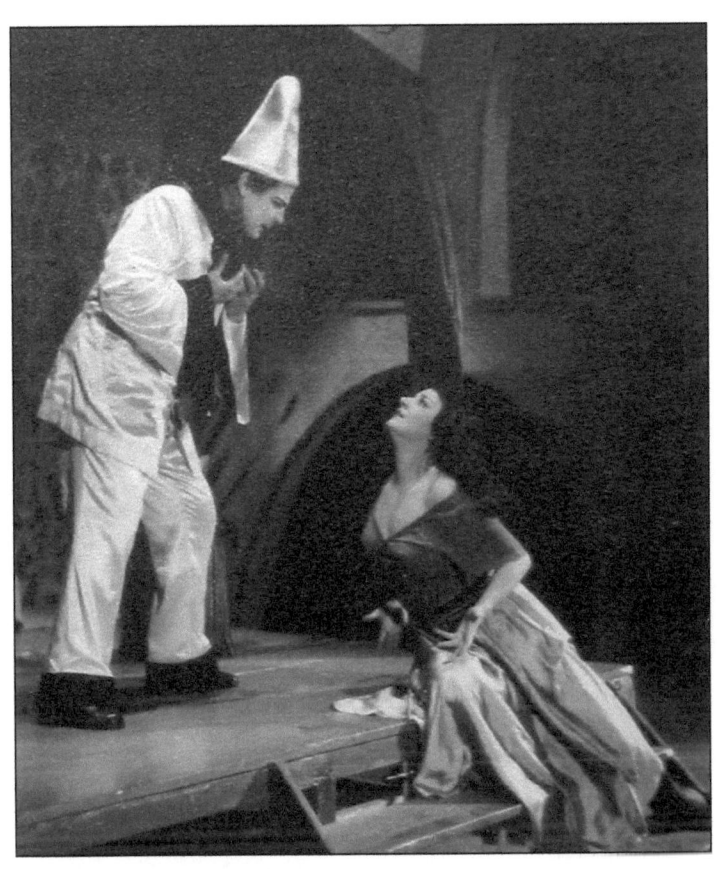

Bajazzo, Tenor Bizos, „Nedda", Bern

„Gilda", Rigoletto, Bern

Bohème, „Musette", Bern

Figaro, „Cherubin" + Susanne Taylor, Bern

„Butterfly", Bern

Hoffmanns Erzählungen, Puppe, Bern

Wiener Blut, „Gräfin", London

Wiener Blut, „Gräfin", London

„Witwe", Danilo Falvay, London

Witwe, „Valencienne", Wien

Witwe, „Valencienne", Danilo, Heesters, Wien

Marokko, Casablanca

Marokko, Dirigent Schroeknadel, Marrakesch

„Kaiserin", Wien

„Kaiserin", Wien

„Bajadere", Minich Tenor, Berlin

Lachendes Glück und Partner van Kesteren, Barabas, Minich, Barson, Blance, Berlin

Zigeunerbaron, „Saffi" und Tenor Gudjónsson, Reykjavik Opernhaus

Champagnerlily, Partner Fröhlich, Wien

Figaro „Cherubin" Basel, mit Geschwend als Figaro und Susanne

Hans Janey: Professor, Regisseur und Schauspieler
Theater in der Josefstadt, Wien
Regie „Wiener Blut" in München!